动物小说大王

沈石溪

选　评

草原之王

动物小说精品
少　年　读　本

明天出版社

人类与动物的心灵对话

沈石溪

随着人们环保意识日益觉醒，随着中小学课外阅读蔚然成风，描写大自然和野生动物的文学作品在国内图书市场悄然走红，尤其是动物小说，成为近几年出版界的热门品种。无论是从国外引进的动物小说，还是国内原创的动物小说，都在书店柜台醒目位置占有一席之地，品种繁多，琳琅满目，蔚为大观。但是繁荣景象背后，也出现了一些乱象。一些童话、科普读物、神话、传记、民间文学，只要作品里有动物形象出现，也都赫然被标记为动物小说，粉墨登场。动辄几十本一套，或标榜中外动物小说大观，或标榜中外动物小说书系，装帧精美，全彩印刷，规模宏大，令人咋舌。可说是鱼龙混杂，真假难辨，让读者无所适从。

于是，山东明天出版社编辑找到我，希望由我主编一套书——《动物小说精品少年读本》。

山东明天出版社是一家专业少儿图书出版社，三十年来一贯坚持精品战略，坚持质量第一，坚持社会效益第一，出版了许多优秀原创儿童文学作品，在业界具有极佳口碑和良好声誉。之所以打算出《动物小说精品少年读本》，就是觉得这类图书出得太多太乱太杂，希望能有一个真正的精华选本，简洁简练而不简单，精中选精，优中选优，将最有代表性、最有艺术特色、最有阅读价值的动物小说奉献给读者，以正视听，让读者花最少的金钱和时间，就能欣赏到最优秀的中外动物小说。

这是一个很好的出版构想，正好与我的思路对接而契合。

我这个人容易冲动，心头一热，便欣然应允下来。

着手挑选作品时，我这才发现，自己给自己找了一份苦差事。外国动物小说出现得很早，从巴尔扎克的《沙漠里的爱情》算起，差不多有两百年历史了。尤其在二十世纪，西方自然科学突飞猛进，人们对大自然及人类以外的生灵投注了极大热情，出现了许多优秀动物小说作品和可以传世的经典作品，可以说卷帙浩繁，满地珍珠。国内动物小说虽然起步较晚，真正形成规模造成影响也就二三十年时间，却也涌现出一大批才华横溢有志于动物小说创作的作家，更有一大批质量上乘的动物小说佳作，汗牛充栋，也是满地珍珠。我光阅读就耗费大量时间，且满地珍珠，哪颗个头更大，哪颗光泽更璀璨，着实要费一番心思，杀灭许多脑细胞。

思量再三，决定先扯一根红丝线，确定一个主题，用主题这根红丝线，去串缀一篇篇独立的动物小说，犹如串缀珍珠一般，做成一条人见人爱的珍珠项链。

我把主题确定为：人类与动物的心灵对话。

我固执地认为，地球并非人类私有，动物与人类共同拥有我们这颗蔚蓝色星球；动物绝非我们人类想象的那么低级、那么低能，动物也是有血有肉、有情感、有灵性的生命；人类为了自身利益，长期以来粗暴破坏野生动物的生存家园，歧视、迫害、虐杀野生动物，许多珍贵的野生动物濒临灭绝，假如哪一天世界上所有的野生动物都被消灭殆尽，这一天也一定是人类的末日；为了人类自身的利益，我们必须学会与动物和睦相处，相互依存，共生共荣。

这就需要对话。以对话代替战争，以和平代替杀戮，以平等代替歧视，以温柔代替粗暴，以尊重代替仇恨。通过对话建立大自然新秩序：人与动物和谐共存。

优秀动物小说最打动人心的地方，就是让读者通过阅读，清晰听到动物的心声，或哭泣悲鸣，或笑语欢歌，触摸动物美丽的心灵。

　　我挑选的中外动物小说精品，不敢说每篇都是传世经典，但每一篇都是作家与动物精彩的心灵对话。从事动物小说创作的作家，无论是中国作家还是外国作家，每一位都是大自然的守护者，都是动物保护的代言人。阅读这样的动物小说，你能真切感受到作家对生命的敬畏和对动物的尊重，也能真切感受到其他生灵的美丽与灵性，既是艺术的享受，也是精神的洗礼和灵魂的升华，会让我们的心灵变得更柔软，让我们的感情变得更丰富，让我们的视野变得更开阔，让我们的生活变得更美好。

　　是为序。

2014年12月16日
写于上海寓所

目录

草原之王

[加拿大] 查尔斯·罗伯茨

荒原之王诞生了

麻莫泽克尔荒原之王出生时是所有兽崽中最难看的那一种——驼鹿的幼崽。

在尼克陶山以南数公里处，长满北美落叶松的沼泽地中心有一处干燥的圆丘，上面长满了阔叶树和松树，此处尚未被猎兽者发现，也没有食肉动物的踪迹。猞猁、熊、美洲豹都未曾占领此地。这里也没有什么多汁的林下植物吸引驼鹿和北美驯鹿。但是每到夏天，这里就会结出许多丰盛的野李；每至秋季，总会有大批的山毛榉结满三角形的坚果。因此，圆丘上住满了松鼠和松鸡。大自然因为一时冲动与高兴，就让此处极大地免受流血与恐怖的侵害，在其他地方绝不可能有这种事，这反倒让那些学究气甚浓的自然学家大惑不解。不过有一点确切无疑，即松鼠经常会偷到一窝松鸡卵，抑或在铁嘴似凿的大鸟不在巢穴时，倾巢扼杀长着金色翅膀的雏鸟。这些长着明亮的大眼睛却又屡教不改的掠食者从头坏到脚，可他们确实全身都很美丽。若是没有他们，位于北美落叶松沼泽地的这片圆丘，与荒野上其他充满残酷无比而又藏而不露的厮杀的地方相比，却是一片清净之地。

在这片圆丘上，北国春天的野草莓树使托比克乡野的风都带有香味。就在这时，麻莫泽克尔王出生了——这头驼鹿的腰肢较其他驼鹿粗壮，出生更加困难。他的母亲从未见过这样的孩子——尽管她生下了许多有贵族气派的雄性驼鹿。在其他异类眼中，他的样子很可怕——两肩的肉高高地隆起，鼻子悬垂，有点忧郁，那双巨耳紧贴在头上，小眼睛紧挨着巨耳，长腿关节粗大，那双小后腿又细又长。他的形象实在怪诞，还不如小猪崽那样惹人喜欢。但凡是了解驼鹿的人，只要看到这头巨型幼崽吃力地从地上爬起来，四足稳健地站立时，就会说："如果他不被熊或子弹杀死，等到他犄角长成时，麻莫泽克尔之王的地位就非他莫属了。"待他的母亲将他一舔干，他的毛皮就显现出一种神秘的暗褐色，上面遍布乌斑。这种颜色在杉树和毒芹树丛中很难被分辨出，也能与麻莫泽克尔河两岸郁郁葱葱、错综复杂的桤木林的树干构成一个视觉整体。

在新布伦瑞克省北部所有驼鹿的家族中，幼王的母亲也许是个头最大而又最刻板的雌驼鹿了。毫无疑问，托比克河上游的野外荒原上没有谁敌得过她，她也是最机敏的。正因为如此，人们对她隐约有所耳闻。他们从尼克陶湖一直到麻莫泽克尔，又到托比克河干流上的布鲁山，沿途盲目追杀，她却从未尝过子弹的滋味。深山老林的猎手们

2

一提起她，就多少带点迷信色彩地感到害怕。正因为狡猾，她才能在这块长满北美落叶松的沼泽地中心找到这块圆丘，而且对驼鹿群其他成员都守口如瓶。她可是专门狡猾地绕道而来产崽的。她来到这里安度危险期，无须为防范隐蔽的敌人而烦恼。一旦带着自己的小驼鹿离开那个藏身之处，她就再也不会回去，就是来年也不回。

整整三天，这头庞大的母驼鹿待在圆丘上，吃着花楸和杨柳悬垂的枝梢。这里的食物非常好，嫩枝嫩芽都很饱满，里边全是浆汁。在那三天里，她的幼崽体格健壮，体能和身高增长迅速，赶上了普通小驼鹿两个星期的增长量。在第三天下午，她带着孩子离开圆丘，走过北美落叶松在沼泽地上留下的抖动的阴影。松鼠们在长满花蕊的枝杈间叽叽喳喳，尖刻地嘲笑着母子俩。

从这里走有可能进入沼泽地最深最危险的地方，但是这位母亲知道怎样绕来绕去才安全。青苔的表面弯弯曲曲，两边是深深的水池，她知道哪里是漂浮的无底的沼泥，哪里是坚实的泥土或是盘错的老树根。她摇摇摆摆、步幅很快地朝前行进，逼使那精瘦的小驼鹿大步追赶，甚至不知疲倦地小跑，这正是他们种类的传统。

他们行走了大约一个小时，来到一小块半开阔的沼泽地上。沼泥中隆起的硬实的泥土上面长着稀疏的花楸、荚蒾、条纹槭，地面上的波状延龄草、天南星、春美草、拌根草、银莲花等，开着星星点点的春花。他们在这里停了下来。小驼鹿因为第一次行走而觉得疲惫，抽动着他那滑稽的小尾巴，使劲地吸食着母亲的奶。母亲觉得这样很不舒服，便躲到一边，不给他吃。如此反复数次，他终于明白，对自己的急不可耐要有所控制，为王者的霸气如果在时机不成熟时就表现出来，反而会给自己带来不便。

这一回，夕阳正逐渐把西边的树干、花朵染上紫色，使这里的料峭春寒变成神话般的流光溢彩，形影交错。有些阴影加深，而有些却消失了。有些叶子、花朵及苍白的枝条凸现出来，清晰的程度几乎令人吃惊，水平的光照使这种清晰程度进一步加强。虽然没有风，变幻的光线却使沼泽地仿佛在无声无息地运动。雌驼鹿在这越来越迷人的景色中开始自己觅食。

她选了一棵树冠很厚、枝杈上的叶芽正在返青的细桦树，用她那宽厚的前胸把树推得差不多垂到地上。然后她骑到树上，牢牢地夹住树，向前走去。这使得那多汁的树冠就在嘴边，她开始悠闲地吃起来，长长的上嘴唇伸出去挑挑拣拣。幼驼鹿站在一旁兴致勃勃地观看着，他的腿也跟着叉向两边，头从宽阔的双肩上低下去，两只巨耳缓慢地前后摇动——不是两只耳朵同步摇动，而是每次只动一只。母亲吃完小桦树上所有的花蕊和小枝嫩芽时，夕阳的光彩也从沼泽地上褪去。

随着黄昏的降临，凉飕飕的风轻轻吹过树林，雌驼鹿带着孩子到了硬土边缘附近的一片茂密的胶冷杉丛中。在树丛中心处，她卧下身来过夜，面部是背风的。随着年龄的增长，小公驼鹿的观察力也增长很快，他紧靠在母亲旁边，以相同姿势卧下。他当时并不理解这种姿势的好处，但是也隐约感受到了它的意义。他后来得知，敌人可能在夜晚来到他的躺卧之处，只要他以背迎风睡眠，就不会被突袭，因为这可以保证风及时从背后把危险信息传送到他那神奇的鼻孔里，而他依靠双眼和两只从不睡眠的大耳朵来发现前面迎风而来的攻击者。

天刚亮，驼鹿母子就起来了。在晨曦中的杉树丛中，小公鹿吃了早餐。他们在春季幽暗的晨光中前进，雌驼鹿仍如前日，用胸压倒一棵小树来充饥。太阳还不太高时，他们便离开了小沼地，重新踏入跨越大沼泽地的旅程。

此时正值半晌，空气新鲜，阳光灿烂，他们走出了沼泽地。在几片复杂浓郁的树林里和开阔的水平地上，母驼鹿不偏不倚地向前走去，留下的踪迹只有她自己辨得出来。很快，地面变低了，随后出现一条小河，蜿蜒地穿过数不清的桤木。小河有多处变宽的地方，像水塘一般，里面长满了嫩嫩的百合叶。麻莫泽克尔的未来之王俯视着自己的王国，但是他不认识这个地方，丝毫不在意两岸长满桤木的小河。他又累又饿，母亲刚一停脚，他便跑上前去，使劲地吮奶。

遭遇熊的袭击

麻莫泽克尔河坡上的小桦树，刚刚返青，细腻朦胧，香气袭人。在开阔空间的每个树冠上，报雨鸟的鸣啭声悠扬甜美，时升时降。他们好像事先秘密约定了暗号，一会儿叫，一会儿停，使周围突然变得非常宁静。这样间断性的静谧如同一颗颗宝珠，仿佛只有山雀温柔悠闲的断奏才能把它们串起。春天里，托比克山野的野生动物都愉快地忙碌着。

这头巨大的母驼鹿在大嚼着桦树嫩枝，小公驼鹿长腿弯曲，卧在松软的毒芹枝上。正当母驼鹿在高兴地咀嚼时，她上一胎所生的小公驼鹿飞快地向她奔过来。那头壮实的一龄驼鹿高兴地发出一声可怜的咩叫声向她跑来，似乎她神秘的失踪使他很孤独而又大惑不解。母驼鹿对他很温和，而后又漠然视之，继续啃着桦树的嫩枝梢。这头一龄驼鹿过来看看那头休息的小公驼鹿，感到好生奇怪——这是他第一次看见小驼鹿。那未来之王毫不在意，根本不费神让自己起立，只是将巨耳向前甩去，伸出那长长的鼻子打探新来者。但是，一龄驼鹿却满脑子疑惑。他向后退了退，站稳前蹄，低下头摇了摇，向陌生者挑战，示意要用头撞。母驼鹿对他们的相遇一直很小心，走过来站到她的小儿子跟前，用上嘴唇轻轻地触碰了他一两次，然后将硕大的头转向一边，看了一眼一龄驼鹿，用喉咙轻轻地发出了一声响声。不管这是在警告，还是有别的什么意思，一龄驼鹿明白了他不能向小弟弟挑战。他很明事理，接受了这个现实，根本不屑去理会这是怎么一回事，便全神贯注地吃起树叶来。

整个夏季，这三口之家只在麻莫泽克尔河附近觅食，而小驼鹿王生长速度惊人。他们很少见到其他驼鹿家族，因为这位母亲生性好嫉妒，力气又大，根本容不得其他驼鹿出没在她喜欢的地盘上。有时，他们会见到一头秃顶的大雄驼鹿在日落时过来饮水，或扯拉水塘中的百合梗。但是，这一头雄驼鹿自觉没了驼鹿角，已经没有了王位和王者之气，对雌驼鹿和小驼鹿根本不去注意。他正在等待秋天头上重新长出华贵的掌状饰角，所以此时很孤傲，更不愿见到同类。

这片土地真正进入夏季时，这头小雄驼鹿已掌握了生活中的常识。他大部分时间待在母亲跟前，很快对扯食高高的结籽草的本领心领神会。尽管马、鹿类动物喜爱低生的嫩草，他却根本学不会啃食矮草。他的母亲也像一切同类一样，腿长颈短，无法贴地啃草。他早就从母亲那儿了解到了麻莫泽克尔水塘中所有的多汁的根茎叶。在很早的时候，他敏感的上嘴唇已经能区分出什么是有营养的水草，什么是辣得难以下咽的欧洲水萝卜和斑点毒芹的苗子。下午炎热得令人昏昏欲睡，这个小家庭的成员就蹚进长满树叶的浅水区，悠闲地在没腿深的水中吃叶子。四周只有他们自己发出的悦耳的溅水声或翠鸟飞过河流的尖叫声，他们过着这样的生活，非常惬意。他们通常的进食时间是日出之前、快到中午时，还有在傍晚夜幕降临时。其余的时光，他们躲在灌木丛的最深处，一直保持着警惕，他们的大耳朵捕捉野地里所有那些飘忽不定的声响并破译它们。

吃食的时间也是学习和玩耍的时间，尤其对小驼鹿王来说更是如此，因为他的大部分食物是由母亲提供的。他的体能增长神速，令他骄傲。他形成了一种倾向，就是用头去撞一切东西来考验自己的勇猛程度。在这方面，他一岁的哥哥总能满足他的欲望。这对兄弟常常互相冲顶，花掉不少力气，直到哥哥不耐烦了，使劲地用角刺向小驼鹿王的腰腿，然后不再理会他，他们才自顾自地吃东西。逐渐地，一龄驼鹿用这种方法越来越难结束战斗，但他绝没想到在不远的将来他们的角斗竟会以完全不同的方式结束。他玩耍的时候总是对这头当年春天出生的小驼鹿弟弟稍微谦让一些。他绝不会料到，这个弟弟以后竟会长得比一般宽角类动物更大更壮更勇猛。

小驼鹿王一遇到新奇的东西就非常兴奋，对偶然看见的野生动物兴趣甚浓。连行踪最神秘的动物也不怕被他看见，因为他幼稚，并且也不会有恶意。所以不久，他就以一种稀奇而不可思议的方式结识了貂、林鼠和麝鼠等。特别是那只雌绿头鸭，常在水上漂浮，离他搜睡莲的地方仅有一两米远。

然而有一天，他忽然见到一头豪猪正在走过一小片开阔地，他们的相遇非常突然。这只乖戾的小动物吓了一大跳，蜷缩成了一个圆刺球。在小驼鹿王看来，这个现象确实奇怪。他朝球吹气，用宽大的鼻孔吹了两三次，声音很大。他太轻率了，用他那好奇的鼻子碰他——当然是试探性地而不是粗暴地碰——因为他太想了解这是怎么一回事了。这球震颤了一下。他跳回去，摇摇头，敏感的上嘴唇上被扎了两根尖利的刺。

他又痛又怕，更加气愤，跑到正在吃着柳树树冠的母亲跟前。可是她也帮不了忙。她对豪猪刺的特性一无所知。弄明白事情以后，她示范性地把鼻子对着树桩乖巧地摩擦。小驼鹿王照办了。这种方法对于处理被刺果扎伤有效，但是豪猪刺——这种可恶的小刺经过这样的摩擦更显威力，在软组织里扎得更深。幼王疼得直叫，冲了回去，想用尖利的蹄子把可憎的刺球踩成碎片。但此时的豪猪已经谨慎地爬上了一棵树，用藐视的红眼睛朝下看着，根根尖刺直竖，挑逗那发怒的驼鹿上树来一战。几天以后，幼王鼻子又痛又肿，很难进食，几乎无法吃奶。后来，随着刺刺穿鼻肉，他终于解脱，那两根刺，其中一根脱落，另一根被他与睡莲根一起嚼碎了。但是幼王再也没有忘记他与豪猪家族之间的过节。多年之后，他在一棵小杨树上看到一只豪猪，就将小杨树推倒，再把敌人踏成碎片。他虽然很愤怒，但却没有忘记

尖刺的威力和特性，所以他小心翼翼，以防哪一根刺扎进他脚上的皮肉里。

遭遇豪猪刺几个星期后，他的鼻子和精神都康复了，他又结识了新的伙伴。驼鹿一家沿着麻莫泽克尔河上溯了很远，平地在这个地区到了尽头，陡峭的岩石凸现出来。一天，他在离母亲和哥哥不远处探究世界的时候，在大石坡的顶部看到一只个头很大、相貌奇特的动物。这只动物是淡褐色的，大圆脸，有一对高耸着的毛耳朵，亮亮的小眼睛冷冰冰的，长长的髭须从下巴往上捋向后方，张嘴号叫时露出长长的尖牙，他还有硕大的圆脚掌。这头猞猁怒视着驼鹿王，对他的王者之气毫无所知，并且极度藐视他。小驼鹿王活泼而充满兴趣地盯着猞猁，绝无敌意。猞猁警惕地向四周扫视一眼，没有看到雌驼鹿的踪影（她正在岩石的另一边吃东西），断定这是他所期待的绝佳时机，便静悄悄地顺着岩石坡疾速爬行。

要是换了其他驼鹿，哪怕比小驼鹿王年龄再大两倍，也会落荒而逃，但是他却没跑。这陌生者好像并不友好，他要用角与之对抗一下。他跺了跺脚，将低下的头摇了摇，鼻子喷了喷气，向前跨了一两步。与此同时，他蔑视地发出一声刺耳突兀的叫声。这一声幼年驼鹿的叫声就是他在以后发出的、令所有森林动物发抖的强劲叫声的雏形。猞猁尽管非常清楚这只丑陋的小家伙根本承受不了他的一击，但对小驼鹿所表现出的英勇精神还是大吃一惊。他突然停下来想了一想：在这勇敢的背后会不会有他没猜到的力量？他要看看。

这一瞬间是关键。很幸运的是，挑战时的叫声不仅传进了猞猁的耳朵，也传进了正在岩石后边用餐的母驼鹿的耳朵里。她又惊又急，冲过来察看情况，那头一龄驼鹿也好奇地跟在其后。看到猞猁时，她愤怒得颈上的毛发直竖，她大吼一声，整个庞大的暗色身躯冲向猞猁。这只大型猫科动物根本不想打如此庞然大物的主意。他知道自己会在半分钟之内被这只雌驼鹿砸成肉酱。他号叫一声，朝后一跳，肌肉仿佛是突然放松的钢弹簧。攻击他的母驼鹿还在半坡上时，他就爬到一棵毒芹枝上，在安全的高度朝下怒视着她。

这个经历对幼王来讲好像是他自己的胜利。母亲想使他明白猞猁很危险，但对他的作用不大，他迄今没有学会害怕，这个经历也没有使他有所畏惧。

他尽管性情高傲，可也注定会学会害怕的——注定会把恐惧烙在他的灵魂里，他在以后进行统治的一半岁月里，每每回忆起来就惊骇，就蒙羞，就有失败感。

八月一个炎热的下午，这种事情发生了。

母驼鹿和一龄驼鹿在水边云杉的遮蔽下一边休息，一边自由自在地咀嚼反刍的食物。但是一阵躁动不安驱使驼鹿王去获取经验。这种阵发性的躁动伴随了他的一生。身边几乎一点风也没有，但是溪流上游却正在刮着风。他迎风走了一小段路，只看见了他所熟悉的土拨鼠。他转过身来，漫不经心地顺风而下。走过云杉丛之后，他的鼻孔接收到了他母亲和哥哥静卧的信息。这种气味他很熟悉，所以他继续向前漫步。

这种气味很快从微弱震动的空气中消失了，但他还是没有停步。

少顷，他走过了一棵被风吹倒的半腐烂的大树，上面覆盖了一层厚厚的灌木和藤蔓。他刚一走过，就闻到这片浓密的掩蔽处有一股陌生的辛辣味。这种气味中有一种不祥的征兆，这种味道他一闻就心惊，但是他不怕。他立刻停下来，慢慢往回走，朝倒下的树走去，边走边仔细地嗅，耳朵警觉地聆听，眼睛试图看透灌木的秘密。

他离腐朽的树桩更近了，但仍然解不了谜团。后来，一阵风吹过，把他的想法撩拨得更强烈。他走了过去，却闻不到气味了，便立刻到处找寻这种气味。他本能地对这种危险感到害怕，吓得一抖，从倒树旁抽身出来。

他刚刚把身子转过来，就看到一只毛茸茸的黑头和伏在倒木上的双肩，一头庞然大物举起带利爪的黑掌正准备进攻。若被这一掌打着，小驼鹿王的脊梁会像蒲草一样被打折。好在他已跑开，全身肌肉绷紧，正在转身。这样他算是拣了一条命。他如同闪电一般疯狂地跳开了。那些可怕的钩爪抓来的速度也一样快，但是这些爪尖所留下的疤痕没有能达到目的。小驼鹿王跃到半空时，利爪斜抓到了他的腰身。这一下抓得很深，伤及了皮肉，几乎要露出骨头了——伤口又深又长。熊还没来得及再次攻击，小驼鹿王已跳得老远，又疼又怕地直叫。大熊非常失望，用那双恶毒的小红眼看着他，贪婪地舔舐着留在掌上甘甜的血。

一刹那，母驼鹿冲出灌木丛，气得脖子和双肩上的毛发根根直竖。她非常了解幼王那痛苦的叫声。她只停了一瞬间，以便让幼王迅速恢复勇气，接着便向倒树跟前的掩蔽物冲去。她知道，只有熊才会留下这种伤痕；她也知道，在倒树旁，耳朵、眼睛、鼻子都不好用，那是熊坐等猎物的好去处。她的勇猛程度是麻莫泽克尔河畔的其他母驼鹿做梦都不敢想的，她像出膛的炮弹一样撞进了掩蔽处。

她虽然愤怒得要复仇，可是没有找到熊。熊已经在多个藏身处观察过她，非常了解这只力大无穷的驼鹿，很明智地估计到了她的本领，于是便悄悄地躲了起来，像鼬鼠一样迅即消失在矮树丛中。母驼鹿在掩蔽处闻到了强烈的熊臊味，让她难受得直癫狂。她把藤蔓全部踏平、扯掉，踩得倒树的朽木碎片漫天乱飞。然后她才出来，全身落满废渣，怒吼着到处搜寻敌人。但是，熊早已非常小心地远离这块是非之地了。

驼鹿王独立了

在母亲不断的舔舐下，驼鹿王的伤口在几周之内便彻底痊愈，皮肤上留下了无毛的长疤。随着时间的推移，这些疤痕由乌青色变为铅白色。在他的肉体痊愈的时候，他的精神世界却完全是另外一回事。此后，他的心中总是非常恐惧，随时准备朝前跳——因为他怕熊。这是他唯一害怕的，但确实让他怕得要命。两个月后，他走过一处灌木丛再次闻到这种辛辣的气味时，整整狂奔了一个小时才恢复理智，又羞又累地回到母亲进食的地方。

但总的说来，他很快变得老练、果敢起来，并且热心探索，他的身体和智慧都有了长足进步。初霜尚未染红枫叶、未给桦树披上淡色金装时，他几乎可以依靠哥哥的力量使自己跳离地面，有时还能通过佯攻和技巧逼倒哥哥一会儿。他在秋季凉爽的天气里自由漫步时，遇到了与他同年出生的驼鹿。这些驼鹿与他相比好像侏儒一样，恭恭敬敬地给他让道，仿佛他是一龄驼鹿。

大约就在此时，他体会到了某种孤独的恐惧，这使他迷惘，也使他的生活失去了大部分乐趣。让他始料未及的是，他的母亲开始对他漠不关心，而他的童年又需要她的呵护。她虽未将他赶走，却对他不管不问。并且，在水旁开阔的莎草地上踏步时，她经常发出短暂的吼叫声，非常粗暴，让他看着觉得不安。时值十月，有一天夜里很凉爽，一轮圆月魔幻般地高挂在荒原的天空，他听到有一头可怕的公驼鹿在响应他母亲的叫唤，这些都使他心跳加剧。然后，矮树灌木丛中传来咔嚓声，一头大雄驼鹿出现在眼前。他的犄角在头顶两边分散开来，好像是橡树的枝杈。也许出于精明，也许出于尊重，也许二者兼而有之，驼鹿王不再像往常那样爱探究竟，而是钻到灌木丛中，以免引起这位辉煌无比而又大得出奇的造访者的注意。以后几天，他经常见到这头大公驼鹿，感觉倒是他自己受到了冷落。可是，在秋季那些野性、疯狂而又魔幻般的日子里，他精明、恭敬、小心行事，没有惹恼陌生来客。

大约是十月中旬的一天夜里，驼鹿王在灌木丛里见到一种使他感到既激动又惊恐的情景。这种情景几乎使他的血管爆裂，让他的眉盖骨疼痛，似乎犄角已从皮下向外顶，就要钻出来。犄角就是这样生出来的。他的母亲站在月光下的小河旁，两次伸长口鼻发出呼叫，回应者不仅有她的伴侣——那头从岸边走来的大雄驼鹿，还有从山坡上传来的巨大声响。那头雄驼鹿顿时大怒。他冲到母驼鹿面前，用鼻头触碰她。接着数声呼叫都立即得到山坡上的回应，所以他跑到开阔地，用犄角冲撞着矮树。从不远处矮树丛中传来哗啦啦一声巨响，声响迅即迫近了。几分钟之内，另一头小雄驼鹿野性十足地冲上前来。他年轻莽撞，不然，他在离开掩蔽物之前就会停一下，暗中观察周围的环境。但是他太年轻，经验太少，智慧不成熟，他匆忙上阵参加决斗了。

刚来的小雄驼鹿尚未看清自己所处的位置，大雄驼鹿就冲到了他的跟前。小雄驼鹿及时转身，警惕性很高，但是他的腰身受到了骇人的攻击。不过眨眼间，小雄驼鹿又夺回了失地，因为他年轻气盛。两眼气得火红的高个子雄驼鹿未曾料想，对方比自己矮小，却与自己旗鼓相当。这一夜全是暴风骤雨般的驼鹿吼叫声、犄角的撞击声、蹄脚迅捷而沉重的践踏声。薄草皮也给踩坏了，愤怒的铁蹄踏得泥土四处飞扬。驼鹿王躲在藏身处，双眼直勾勾地观看着战斗，内心非常同情大雄驼鹿，因为他从第一眼见到他时就很尊重他。可是那头母驼鹿离开水边，站到不远处观战。她所关心的就是要找一个最勇敢最强壮的伴侣——这个问题只有通过决斗才能解决。她的身心要交给胜利者。

看来，这两个对手在体能和勇气方面都相互匹敌。但是，驼鹿和人一样，最终要靠头脑取胜。大雄驼鹿看得很清楚，仅靠体力，这个结实的陌生驼鹿可能还会占他的上风；仅靠决斗解决这样重要的问题让他感到恶心。他双眼中的怒气逐渐消逝，目光变得冷静。在敌手向他猛冲过来时，他突然退让了，把犄角从双方锁定的位置猛然抽出，轻巧地朝旁边一跳。陌生驼鹿朝前边一冲，一失足，差点跪下。

这是大驼鹿的绝佳机会。他如一阵愤怒的旋风，向敌人的肋腹冲去，用角猛刺，将他打倒。这头小驼鹿矮小灵巧，立即站稳了脚跟，掉过身来与之对抗。但大雄驼鹿异常敏捷，抓住了有利战机。他也转了个身，绕到敌人身后。遭受身后攻击是没法防守的。这头莽撞的陌生驼鹿软弱的后腿弯曲着，命运的全部重负都落到了前腿。经大雄驼鹿朝前一撞，他不禁狂叫起来，努力想承受住这次打击，但是根本就承受不了，他的面子荡然无存。他双眼圆睁，鼻孔张大，被大驼鹿撞过草地，推上了河沿。随着哗啦啦一声巨响，他带着满身的泥沙，跌进河里。刚一落水，他头脑就冷静了，不再逞强，顾不得朝岸上看一眼正在鼓鼻跺脚的胜利者，没命地逃向对岸。他身上血水混流，精神被彻底摧垮——在树林中逃之夭夭。躲在林丛中的驼鹿王内心膨胀起来，仿佛胜利属于他自己。

过了不久，桦树、白蜡树、枫树和杨树的最后一片叶子都在冷风吹拂中落下。第一场雪下了很久，改变着世界的面貌。大雄驼鹿似乎放下了架子，他对幼王和一龄驼鹿脾气温和了。这一切好似是在不经意间转变的，他公开地领导着这个驼鹿群。随着积雪的加深，他领路朝北边的尼克陶湖进发，在保尔德山南麓的丛林地带选择越冬场所，因为这里有毒芹丛藏身，还有丰足的阔叶林可供食用。

从容的迁徙总体来说很平静，在幼王的记忆里只留下一点粗略的印象。在冬天的一个早晨，初升的太阳在薄雪上刚刚照到那些长长的藏红花枝条的时候，一阵风从一堆木桩和岩石里吹来一股辛辣的气味。这种气味对驼鹿的鼻孔来讲太难忍受了。整个驼鹿群停了下来，幼王腿在打战，眼露惊恐之色，紧贴母亲肋腹。雄驼鹿跺脚吼叫，以示向敌人挑战——但是谨慎的敌人根本不应战。敌人也确实可能正在张罗越冬地点，太困倦了，没有听到发怒的挑战或是无暇理会。但是他如果确实听到了，无疑会不声不响地躲起来，直到这些危险的迁徙者过去。过了一会儿，驼鹿群继续前进了。幼王紧贴母亲身边，而不在他平常在队伍中所待的位置。

大雄驼鹿为"院落"选择了地点，为防各种突发事件，在"院落"里预留了足够的空间和边界。这"院落"很大很大，有数不清的弯弯路。雪积得越厚，弯道踏得越深越紧实。这些小径通往每处食物的所在地和可以藏身的每一个角落，而且绕来绕去，到处交叉，如同迷宫般纷乱。这一小群驼鹿的周围积雪很厚，北风在毒芹上面呼啸，霜冻使白色的世界笼罩在一片寂静之中。但这样的冬季是驼鹿所喜爱的，狼和猎人都不会来惹他们的麻烦。时光就这样一个月一个月地过去了。白天变长时，所有兽类的心中都在梦想着还毫无迹象的春天。

这时的幼王见到他们的领头驼鹿的角脱落了，很是吃惊。他看到角的主人对落在地上的犄角不屑一顾的样子，便走过去，大惑不解地嗅嗅这对犄角，心中考虑了很久，仍然很不理解。

雪随着很多流水声而消失。春回托比克大地之时，这群驼鹿就各奔东西了。首先是犄角脱落的大雄驼鹿离开了，去忙自己的事了。接着是哥哥二龄驼鹿也不辞而别。尽管他已是成年公驼鹿，个头却比幼王大不了多少，体重也重不了多少。幼王现在已经成了一龄驼鹿，块头与仪表却像是二龄驼鹿。四月的生机给他们的血管里注入了新的生命力，使他们欣喜不已，并引发了一次游戏性的决斗比赛。在这场比赛中，他打败了哥哥。这一次比赛结果尽管是在友好的气氛下取得的，可是或许加速了哥哥的离去。

几天之后，母驼鹿开始不安。她与驼鹿王走回麻莫泽克尔，边走边吃。很快，他们来到他们过去的栖息地，幼王对这里记忆犹新。有一天，幼王在睡梦中浑然不觉时，母驼鹿悄悄溜掉了，到雪松沼泽地中躲了起来。驼鹿王一觉醒来，发现自己已在灌木丛中形单影只。

他一整天都不开心，一连好几个钟头吃不下东西，到处漫步，一边寻找一边思考。饥饿实在难挨，迫使他食用桦树嫩枝。他每吃一两分钟都要停下来，用可怜巴巴的声音暴躁地大声叫，眼观四周，渴望得到回答。抛他而去的母亲此时早已离他很远，进入了沼地，根本不可能做出回应。但是，这只孤独的一龄驼鹿的叫声却被野地里其他的耳朵听到了，并且引起了它们的主人的注意。一对猎食的猞猁听到声音停止了脚步，舔舔嘴唇，大大的圆眼睛显露出绿光，朝前爬去。

他们的到来好像幽灵一样毫无声响——但是，驼鹿王突然预感到他们的到来，猛一转身，见到他们从矮树下鬼鬼祟祟地过来了。他认出了这种动物，这就是他童年里准备挑战的动物。不用说，退缩是精明的选择，但是他正好情绪不对，不想让步。他心里难受，所以脾气也不好，不再孤独地叫，而是发出了怒吼。他把脚朝地上一跺，摆摆头，仿佛要用假想的犄角撞烂矮树，然后发疯般地朝两只猞猁冲去。他们很快断定这是一只不寻常的驼鹿，立即大跳而去，灰色的身影在一大排灰色树木旁闪过。驼鹿王盯着他们看了一会儿，便心情愉快地独自吃起东西来。

四天以后，他母亲回来了，身后还跟着一头瘦瘦的小驼鹿。他见到母亲时很高兴、很满意，与母亲恢复了亲密关系。但在那四天里，他完全学会了自立。对于那头瘦弱的新来者，他毫不在意，漠不关心，只把他当成一只青蛙或金花鼠什么的，从未想过与之玩耍。

夏天平安度过，没有什么大事，只是驼鹿王的块头又长大了。不过当时他还是学了一样东西，尽管他理解得模模糊糊，以后的岁月却证实它有无限的价值。他学会了躲避人类——当然不是胆怯，因为他只怕熊——而是厌恶和一丝蔑视，这也正是他的精明所在。好像他意识到了人类的力量，并不急于挑战这种力量，不然他就只能怀疑自己是否真的至高无上了。

一件很小的事情使他有了这种宝贵的智慧。一天，他正在与母亲和那头精瘦的小驼鹿一起卧在河边的云杉下反刍时，一种奇怪的气味飘进他的鼻孔，气味隐隐约约像一种预警。他母亲用鼻子触碰了他一下，这是一种无声而又明白的警告。她站了起来，发出的声响比蕨种子毛冠落地还轻。这一家三口在灌木丛中一齐朝前看着，纹丝不动，眼也不眨，双耳向前，鼻孔张大。接着，一叶双人独木舟懒洋洋地靠上了岸。在驼鹿王看来，他们不会带来危险，但是他们的细节——外形、动作、颜色，而且至关重要的是，他们发出的气味，都印在了他的脑海里。然而让他大吃一惊的是，他的母亲悄悄示意这是最严重、最直接的威胁，她立刻偷偷逃到灌木丛中，动作很轻微，谁也没有发现。驼鹿王与小驼鹿一样小心地紧随其后——驼鹿王尽管不理解，但还是相信他母亲高超的林地生活的能力。他们一直走到离发出怪味的人很远很远时，母驼鹿才招呼大家停下来。驼鹿王从这种谨慎中看出了驼鹿应当回避那些神秘的陌生来客。

那年夏天，驼鹿王只见过人，再也没有闻到过熊的气味，所以他那伟大的内心再也止不住地越来越骄傲，越来越勇敢。

时光转眼又到了枫叶飘落、披肩鸡在窝里咕咕叫的时候了，他感到血管里有一种新的求战欲在膨胀，他便用他那尚显幼稚的叫声发出挑战，个中原因连他自己都不明白。最后，他母亲在麻莫泽克尔河旁的开阔草地上发出的求偶叫声打破了月光下的寂静，使他感到了莫名的愤怒。母亲的叫声得到宽角雄驼鹿的回应，他也不把雄驼鹿放在心上，依然愤怒。这一次，驼鹿王不愿乖乖地躲起来啦。他就在明处等

待，并且带着挑衅的目光望着求爱者，终于引起了对方的注意。

这也许对他的经历没有产生什么影响，但他的高贵品质非常不幸地受到了影响。头上长角的陌生驼鹿注意到了他的个头和他那侮辱性的态度，立即向他扑来。他傻乎乎地斗胆迎头而上，但是立刻就被撞倒。他踉踉跄跄地爬起来，意识到自己的愚不可及，抽身欲逃——并非因为内心恐惧，而是承认对方力量的强大。可是想如此体面地退却都不成，陌生驼鹿再次扑到他的身上，残忍地用角顶他。大雄驼鹿把他撞过草地，搡进矮树丛，让他丢尽了脸。他从那里逃掉，又恨又怕地叫着，感到很没面子。

他威风扫地，顺河逃出很远，走过他从未涉足的沼地，到了他从未扯过睡莲的水池。他继续奋力向前，希望把这懊恼的一幕永远抛到脑后。

他终于来到了合乎他心意的河流盆地，麻莫泽克尔河、色平丁河、尼克陶河以及水流湍急的小溪在这里汇合成托比克大河。他在这里听到了一头小雌驼鹿的叫声——这声音比他母亲从胸腔底部发出的声音要细而高。他内心产生一种莫名的冲动，他跑上前去回应呼叫，不再是偷偷摸摸，而是把矮树踏倒，发出很大的声响。可就在这时，一种辛辣的气味刺得他鼻孔疼痛。在离他不到十步远的地方，有一个巨大的黑影站在月光下。恐惧慑住了他的魂魄，让他的每一根血管都发凉。他转过身子，哗啦啦地跑过尼克陶河里的浅水，不知疲倦地朝北方逃去。

那年冬天，驼鹿王独自建起"院落"，像一头孤僻的老雄驼鹿，远离他的麻莫泽克尔河领地。春天时他回来了，活动范围就在佛克斯河一带。他再也没有见过自己的母亲。

那年夏天，他第一次长出犄角。犄角实在不是什么了不起的东西，但是它们勇敢地长了出来，呈现为大片筒状，从前额两边向侧前方刺去，而不像北美驯鹿的犄角那样尖利。尽管犄角已开始茁壮生长，但是呈掌状分叉还不太多。虽然如此，他却为之心花怒放。当角发痒时，他就小心地把角上的嫩皮抹掉，一个劲地把角擦亮。十月的月亮又在托比克荒野照耀的时候，他就将首次长出的犄角用作遭遇战的武器了，再加上身体和技巧，这对犄角也确实不得了。

不久以后，这对犄角的力量就受到了考验。一天晚上，他一边站着号叫，一边用角撞击着高耸于佛克斯河上的灌木丛。此时，他听到河岸不远处一头小雌驼鹿的叫声。他愉快地做了应答，高兴地飞跑过去约会。一阵奇怪的狂喜、夜晚的疯狂、白光的魅力都使他的心跳加剧，他的血管里燃烧着甜甜的烈火。但是突然一切全变了，因为另一声吼叫既是对他的奚落，又是对他的挑战。另一头雄驼鹿从沙质地平线那边的掩蔽处冲了出来，而一头小雌驼鹿就站在那里风情万种地看着两个求爱者决斗。

新来的雄驼鹿比驼鹿王年龄大得多，头上的犄角也豪华得多，但在个头方面驼鹿王已可与之匹敌。驼鹿王在心计、自豪感、内心勇气方面的优势弥补犄角方面的缺陷是绰绰有余的，他冲锋时的愤怒使得他从一开始就注定要胜利。尽管战线拉长了一些，但是结果一开始就注定了，兴致甚浓的小雌驼鹿很快就看出了这一点。一切都在约莫半小时内解决了。原野上睿智的明月静静地向下看着沟状的沙嘴，看着那高兴的小雌驼鹿，看着驼鹿王第一次求爱时的羞怯。在河岸的另一处，月亮瞥见了另一头雄驼鹿，犄角拯救不了他，于是他便羞愧而逃，肋腹和颈项都在流着血，逃离了月光照得斑驳陆离的森林。

战胜童年的恐惧

在其后的四年里，驼鹿王生出许多托比克原野亘古未有的犄角来。他变得更加高大、冲动、专横，哪怕最勇敢的雄驼鹿只要听到他

那深沉的挑战的呼叫声，都会压住自己的怒火，悄悄离开那块地方。关于他的个头和巨角的传闻不知怎的，在人类聚居区也传开了。但他很善于避开人类——他并非真的害怕人，只是习惯于在暗地里专注地观察人罢了，所以没有哪个猎手能吹嘘曾朝他开过一枪。

一次，也只有一次，他真正地与这种叫作人的奇怪动物发生过正面冲突。那是初秋的晚上，在一个小湖边，他听到一头雌驼鹿的叫声。他已经有了伴侣，所以有点漫不经心，没有应答。但这叫声里有一种使他生疑的奇怪的感觉，他在树丛下偷偷溜上前去观察一下。叫声又响起了，好像是从一个长满灯芯草的小岛上传来的，小岛距河岸仅一箭之遥。这一次有了应答声——不是驼鹿王发出的，而是另一头迫不及待的雄驼鹿发出的，他正从湖泊的出水口处冲上来。驼鹿王三心二意地听着他冲动地向前闯时发出的咔嚓声、哗啦声，心中暗想，如果来者身材高大，值得一战，他就立刻出来把他打倒。但是那头雄驼鹿刚一冲出矮树林，一件怪事便发生了。从灯芯草岛上喷出一股火焰，接着是刺耳的爆炸声传来。雄驼鹿跳跃了一下，转过了身子。又一声爆炸，他连腿都没来得及蹬一下就栽倒了。柔和的月光下，他卧在水边。这时，一只独木舟从灯芯草岛冲了出来，在离驼鹿尸体还有一段距离的地方靠了岸，跳出了两个人。他们停下独木舟，没拿舟上放的来复枪便跑过来给驼鹿尸体剥皮。

躲藏着的驼鹿王明白了：这就是人所干的——发出一种奇异而又恐怖的声音，用这种声音杀死驼鹿。见到他们所表现的屠杀力量，他气得热血沸腾。他突然将遇害驼鹿的遭遇看成是发生在自己身上的，但他并没有忘却取胜要用智慧。他悄悄地挪动，他那巨大而诡秘的身影穿过几处矮树林，来到伸手可以够得到河水的灌木丛。他在这里等了一会儿，思忖了一下。他思考的时候眼睛越来越红。忽然，随着一声疯叫，他从掩蔽处跳出来，向前冲去。

如果此二人不是林中高手的话，他们就要有一个被抓住踏成肉泥了。但他们的感官警惕性非常高，他们知道回到独木舟上拿武器的后路被掐断，全部希望就只剩一棵树了。他们看见驼鹿王已经出来，立刻明白了一切，跳起来逃得比兔子还快。在灌木丛边上长着一棵低垂的山毛榉树，就在驼鹿王狂奔而至时，他们都纵身跃上了这棵树。他们当中的一个居然在自认为很安全的时候差点被抓住。驼鹿王用后腿站起，强壮的身躯抵在树干上，锋利的犄角疯狂地朝逃命者伸去，与靠得更近的那个人之间仅隔着一根树枝。

驼鹿王在树下跺脚发火将近一个钟头，这时被困的猎手不断地诅咒他的暴戾性情，惊叹他的高大身躯。后来他改变了主意，转过身来冲向独木舟。只两分钟工夫，这只原本体面的独木舟就成了一堆废木渣——树上的猎人气急败坏，发誓要复仇。所有的工具包、罐头、毯子、盒子都被踩得变了形，来复枪也被踏到湿沙子里。在这场风暴中，有一支来复枪走了火。那声音和火光让驼鹿王大吃一惊，犹如火上浇油，使他破坏得更彻底了。直到没有什么值得踩踏时，他又回到树下——他一直没有放松对这棵树的盯梢，他在那里气了一宿。可是刚至黎明，他就觉得树上瑟瑟发抖的东西不值得他熬时间。他一跃而起，到一两英里外寻找他爱吃的食物去了。那两个人在确信他已离去之后，才从树上爬下来。他们慌慌张张从杀死的驼鹿身上割下一些驼鹿排，便垂头丧气地匆忙而去，经过长途跋涉回到人类聚居之处。

但是这个事件并未产生人们可能料想的效果，驼鹿王并未因此而藐视人类。相反，他如今知道人很危险，也知道人的力量来源于能够喷火并发出刺耳声音的黑管子，把人打败一次对他来说已经足够了。从此以后，他都与人类保持很远的距离。如果不是在三月消融的雪地上偶尔可以见到那脱落的巨型犄角的话，人们都不会相信关于他的传说。

驼鹿王愈长愈高，脑袋愈来愈灵。他打败了敌手，繁衍了子嗣。这些子嗣在他身后多年给麻莫泽克尔河带来美誉。可是，他的尊贵中一直有一样严重的缺憾。他怕熊是由来已久的事情，这仍使他感到羞辱，令他不安。哪怕是一头温和的半大幼熊喷一下鼻子都能把他吓得魂不附体，急忙跑到其他地方找食吃。即使这头小熊正在一心一意地吃乌饭树的蓝色浆果，将那红色的馋嘴塞得满满的，他也一样感到可怕。他在选择自己的生活范围时，第一条就是远离那种气味，其次才考虑牧草。这一种缺乏理性的恐惧其实就只是那么一点伤痛，却使他在唯我独尊的生活中日日苦闷。似乎山林众神赋予他远超同类的能力之后又对自己的慷慨懊恼不迭，便突发奇想，破坏他的天赋。

一个秋夜，依靠叫声求偶的季节刚开始，驼鹿王的这个缺点使他彻底地丢了一次脸。那时他将近七岁，托比克原野的每一头雄驼鹿都很熟悉他的声音，所以他的挑战之声在月光下的荒原回荡时，从没有谁去回应这刺耳的叫声。但就在这一天晚上，或许是为了自娱，也或许是为了开导在不远处吃食的伴侣，在料定绝对不会有回应之声之后，他就吼叫了。让他震惊的是，从开阔地的另一面传来了反抗的应答。一头漫步的大雄驼鹿从格兰德河地区迷路至此，正渴望验证一下自己的勇武。碰巧在两头巨大的雄驼鹿相互靠近的地方，有一棵老白蜡树长得高于周围的矮树丛。在这灌木丛中，有一头熊正在挖树根。他听到驼鹿王第一声吼叫时，正准备躲开这近在咫尺的危险。但第二头驼鹿的叫声，刚好从他要逃走的方向传来，截断了他的退路。在脑中一片混乱的情况下，他爬到白蜡树上一个安全的高度，蜷成一个黑毛球，躲在树杈上。

夜晚无风，没有异味飘到驼鹿敏感的鼻孔里。两头雄驼鹿发出短促的吼叫声，踩踏着灌木丛，靠近了对方。驼鹿王正好来到差不多和熊的藏身之处平行的地方，傲慢自大的他突然狂怒起来，向那头大胆的陌生驼鹿冲去。他正在向前冲，对手跳起来去迎战的时候，树枝中间吹来了一阵轻微的夜风。风很小，起不了什么作用，不过，风将熊的那种强烈的、新鲜的异味突然传到驼鹿王的鼻孔里。

这种气味非常强烈，在"草原之王"看来，好像熊必定就坐在那里。这股气味就像冰冷的瀑布一样向他扑来。他缩了回去，浑身发起抖来——旧有的伤疤使他心里隐隐作痛。霎时，他转到一边，躲过了对方的冲击，穿过灌木丛，屈辱地逃走了；他的对手看到这一切，胜利之感油然而生，同时又惊讶不止。新来的这头雄驼鹿虽说刚毅勇敢，但看到对方那巨大的身躯，也有些担心，便突然就地停住脚，大惑不解地盯着看。这头雄驼鹿做梦都想不到这么容易就大获全胜——甚至超出了自己的期望值。可是这头雄驼鹿也很想得开，他很乐于接受好运。他得意扬扬地在草地上甩开大步继续前行，不无胜利感地向被丈夫丢弃而感到遗憾的雌驼鹿求爱。

可是，他的胜利好景不长。第二天晚上月亮升起的时候，驼鹿王又杀了个回马枪。他已经不再想熊的事，而是满心愤怒。他从附近山头开始强攻，短促的脚步声如震耳雷鸣，在夜幕下回荡。他边跑边用巨角冲撞树木，咔嚓之声犹如火车碾轧矮树。这声音预示着恐怖的到来。那雌驼鹿前后摆动着巨耳思忖着，两眼敏感地看着来自格兰德的雄驼鹿。那头雄驼鹿敢作敢为，丝毫不被这种威胁和咆哮吓倒。他勇敢地怒吼，显示了必胜的信心。然而，尽管他健壮英勇，但他的无畏气概在驼鹿王攻击他时派不上什么用场。这次所遇到的屈辱，比他记忆中最厉害的一次还要糟糕好几倍。那种可怕的进攻根本就没法抵挡。在这种攻势面前，夺妻者被顶回、压倒、降伏，绝无还手之机。那头雄驼鹿受到践踏，被犄角戳伤，不断遭到驱赶，孤立无援，四腿趴地，腿脚不支，可怜地伸着颈项。只能算是幸运——或许是林中精灵偶发慈悲，他才幸免一死，没有在那个最恐怖的时候被踹踏而一命呜呼。他挨到河边才爬了起来，有幸的是他很快被撞到了河边上空。

呼啦啦一声巨响，他滚到河里，挣扎着站起来，沿着河边浅水摇摇晃晃地走开了。这时，驼鹿王打量了他一下，便不屑于再去乘胜追击了。

驼鹿王虽然充分证明了自己的价值，但是只要还有一样恐惧萦绕于心头，他就永远不能确保不再丢脸。熊的威胁悬在心上，他一直不敢直面这种既神秘又恐怖的家伙。但最后，在他卸掉犄角不再强大的时候，他被迫面对熊的日子终于到来。他的尊贵受到了最严重的考验。

他现年九岁，正是年轻力壮的时候。他的头离肩有七英尺，体重达一千三百磅，两个月前刚脱掉的大尺寸犄角几乎有六英尺长。

时间已经到了四月底，在深谷中还有很多蜂窝状的冰雪。他的伴侣在春季带着身旁的小驼鹿归来时，驼鹿王以他特有的隆重方式与之团圆，这种方式在托比克地区很少见。他自我感觉不可一世，就是头上的巨型饰品辞他而去，他也不沮丧，绝无王冠已去的感觉。即使在春天雄驼鹿独居的时候，他也没有春天的孤独感。他总是把一群小驼鹿团聚在一块，对一龄驼鹿极有耐心，二龄驼鹿只要不太放肆也不会被赶走。

四月的这一天，驼鹿王正骑着刚刚压倒的一棵高大的嫩杨树，享用树梢上鲜嫩多汁的叶子。雌驼鹿和一龄驼鹿正在水边吃着嫩柳芽。出生仅有两个星期的小驼鹿骨架宽大，富有朝气，几乎有驼鹿王当年出生两个星期时那么出色了。他正好奇地四处乱翻，积累有关野外世

界的知识。他向一块底部掩盖在云杉矮丛中的灰白色大卵石走去。近
了，更近了。他的行为太异常了，引起了驼鹿王的关注。驼鹿王停止
用餐，专注地看着他。这勾起了一种模糊的不太想得起的回忆。那是
很久很久以前的事了，当时他自己只不过是一头瘦瘦的小驼鹿，跑到
矮树丛中好奇地嗅嗅。想起这些，他脖颈和肩上的硬毛就根根直竖。
他放开小杨树，全神贯注地观察着小驼鹿的行为。小驼鹿离云杉矮丛
的绿色边缘很近了。这时，他见到里边有一个黑影模模糊糊一晃暴露
了自己。小驼鹿虽然感到再好奇不过了，但也本能地觉察到了危险，
退了回来，立刻转身，似乎要从另一处更加开阔的地方进行探究。

　　紧接着，一个黑色身躯以难以置信的速度从绿叶丛中扑向前方，
巨爪做出一种环扫动作，扑向逃避的小驼鹿。野生世界与人类世界相
仿，历史的发展每每重复，这一回与九年前那一幕一样，熊又慢了半
拍。这一击直到威力释放殆尽才击中目标。虽然划出了血，小驼鹿也
被打得腹部着地，但伤势却不重。小驼鹿疼痛而又恐惧地叫着，跳起
来逃掉了。

　　熊本可以在小驼鹿起身之前轻而易举将他抓获，但是另一个非
常不同的声音回答了小驼鹿的叫声。熊听到驼鹿王的怒吼后改变了主
意，偷偷溜出了藏身之处。只一眨眼工夫，驼鹿王就咆哮着冲到云杉
边上。他在那儿突然将前脚往地上一插，居然插进了地里，费了很大
劲才停住脚步——熊的气味给他迎面一击。

　　这一刹那是关键。这种停顿会带来不同的命运。他正不知所措地

扭过头听，听见小驼鹿边跑边向母亲发出尖叫，看到血从小驼鹿的侧腹流下来。接着，他的王者心态上升为胜利者的心态，大吼一声，以胸压向云杉矮丛，终于不顾忌那可怕的气味了。

这时，熊想逃跑。他在毒芹丛另一边出现，正想偷偷溜开，去找一棵安全的大树。驼鹿王咆哮着向他发起攻击时，他凶猛地号叫着转过身来，似乎是坐着不动，只用那可怕的熊掌狠命地还击。但就在同一刻，驼鹿王的尖蹄如同攻城铁锤一般向他砸来。这些蹄子打碎了他的肋骨，撕破了他的斜腹，把他撞了个四脚朝天，整个腹部暴露无遗，熊根本没有机会摆脱他。四只复仇的铁蹄像打桩机一样步步紧逼，如同闪电般地向他袭来。熊狂暴地出击，两下，三下，熊掌撕破驼鹿王的肌肤，王者的鲜血涌到那躺倒的仇敌的黑色皮毛上。接着，熊不再咆哮了，爪子也不再还击了，那堆毛茸茸的东西躺在那里静悄悄的，四肢摊开，不再反抗了。

过了一会儿，驼鹿王后退了几步，盯着熊的尸体看。过去恐怖和羞辱的回忆在他的心中汹涌澎湃。他再次跳上死熊，对他跺踹、践踏、碾轧，直到丝毫看不出这一堆丑陋的东西曾是个活物。他所杀掉的不仅仅是他的敌人，不仅仅是攻击弱小幼驼鹿的家伙，他还抹去了恐惧的心理。

最后，驼鹿王突然因为暴怒而疲倦，因为血管流血而昏昏沉沉，便离开那里，去找他那受惊的驼鹿群。淡色毛皮的雌驼鹿、深色毛皮的一龄驼鹿、感到无比恐惧的小瘦驼鹿围在他四周，个个激动得发

抖。他们向他伸去薄薄的鼻吻，探询着，惊奇着，对热血直冒的伤口不知所措。但驼鹿王高昂起头，既不在意伤口，也不在乎驼鹿群。他不无骄傲地长久凝视着麻莫泽克尔河谷——属他独有且直接掌管的王国。他朝南打量了一下荒凉的色平丁河，向北审视了一会儿长满深色树木的尼克陶河，往西遥望了一眼汇成大河的滔滔水流，感到自己在托比克野地上是至高无上的，不怕任何攻击。

驼鹿群如此站了很久，直至呼吸平稳下来，恢复了在森林中秘密生活的动物的那种平静。因为山洪暴发，三条河流全部涨满。河水发出轻柔的嬉闹声，冲向前去，愉快地汇合于一处。四月份的旷野既凉爽又潮湿，河道里的潺潺流水给旷野平添了背景音响。在身边阴影下的河谷中，有些迟化的雪在轻轻消融，范围在缩小，高度也在变低。杉树顶上的第一只灰莺用长笛般的声音唱出六个清晰的音符，既有乐感又很忧伤，打破了正在孕育万物的春天的宁静。

（王海波　译）

阅读链接

驼鹿的王者丰采　—沈石溪

查尔斯·罗伯茨被誉为"加拿大文学之父"，1935年被英王封为爵士，为加拿大作家中第一个享有此殊荣者。他擅长写动物故事，代表作有《荒原的同族》《红狐》等。一生写了七十本书，多数为儿童读物。与写《我熟悉的野生动物》的汤普森·西顿齐名，也是享誉世界的儿童文学作家。

查尔斯·罗伯茨童年大部分时间是在萨克维尔附近的韦斯陶克坦特拉曼的沼泽地中度过的，他的父亲是那儿的一位牧师。作为男孩子，他被父亲允许独自外出到沼泽地去踏勘并学习森林知识。后来，他的家搬到了离北新不伦瑞克原始森林很近的弗雷德里克顿。这使得他从小就熟悉大自然，熟悉森林里的花草树木和飞禽走兽，为以后描写加拿大北部森林和野生动物，积累了丰厚的知识储备。

写动物小说比起写其他类型的小说来，更需要知识储备。写热带雨林，要掌握有关热带雨林的动植物知识；写高山雪域，要掌握有关北方针叶林的动植物知识。这样才能写得得心应手，不犯常识性错误。可以这么说，一个优秀动物小说作家，同时也应该是半个博物学家，或者说应该是半个动物学家。

查尔斯·罗伯茨在这方面做得特别成功。他的动物小说以真实著称，写熟悉的渔村、牧场、草原、沼泽、森林。尤其值得称道的是，景物描写特别细致。有人比喻他的小说是一架照相机，把加拿大北部森林的景物分毫不差地呈现出来。

《草原之王》是查尔斯·罗伯茨最重要的作品之一。这篇动物小说，也可以被看作是一篇传记文学，用文学的语言和手法，讲述一头不同寻常的驼鹿从出生到成为草原之王的一段波澜壮阔的生活经历。

就像他所有的动物故事一样，这篇作品的景物描写真实而细致，各种各样植物的名字信手拈来，驼鹿所食的四季不同的食物的名称，形状特点，都用诗的语言记录在案。难怪有评论家说，查尔斯·罗伯茨那些描写森林的小说，可以被当作加拿大森林百科全书来读。

中国读者，特别是南方读者，对驼鹿还比较陌生。驼鹿是地球上体形最高大的鹿，最大的雄驼鹿体重可达1000公斤。驼鹿长着一对仙人掌一样的宽角，是鹿类中的巨人，在我国北方也有分布，别名叫犴。雄驼鹿在发情期为争夺异性激烈打斗，鹿角猛烈相撞，声音响得几里外都能听到。雄驼鹿身高体壮，又有宽角做武器，食肉者轻易不敢捕捉它们；威武漂亮，是一种很有观赏性的动物。

除了景物描写，查尔斯·罗伯茨对驼鹿的行为也观察得十分细致准确，把驼鹿世界神秘有趣的生活描写得栩栩如生。如果读者对驼鹿这种动物感兴趣，读读这篇《草原之王》，你就能了解有关驼鹿的全部行为知识。

认真说起来，《草原之王》最深刻的阅读价值，是通过写驼鹿王与熊的几次遭遇，描摹出了它个性成长的精神轨迹。在大自然食物链上，熊毫无疑问排在驼鹿前面，作为一头驼鹿，再体格魁梧，也不是熊的对手。所以，一龄驼鹿王不慎被熊抓伤后，便产生了恐惧阴影，闻到熊的气味，听到熊的响动，看到熊的踪迹，便魂飞魄散，转身逃命，患了"儿时恐怖记忆综合征"。别说一头驼鹿了，即使具有高度理性的人，得了"儿时恐怖记忆综合征"，也很难很难治愈。但当有一天，驼鹿王看到可恶的熊在攻击自己的鹿崽，孩子命悬一线时，出于护犊的本能，血性和勇气刹那间在它心中奔突，"儿时恐怖记忆综合征"在一瞬间奇迹般不治而愈，它冲上去与熊搏杀，凭借坚硬的宽角和强有力的鹿蹄，将凶恶的熊打死了，成为历史上第一头打败熊的雄驼鹿，成为叱咤风云威震四方的真正的草原之王。

黑 马

[美国] 瓦特·法利

一

"德韦"号船离开了印度，向阿拉伯海驶去，烟囱里冒出滚滚浓烟，染黑了蓝色的天空。

亚历克靠在船栏上，看着舷边滑过的海浪。暑假结束了，他告别了在印度传教的叔叔，搭船回美国纽约。他手上握着镶有珍珠的小刀，这是他生日时叔叔送给他的，上面写道：祝亚历克在印度孟买生日快乐。

一天，"德韦"号船在一个阿拉伯小港停泊。亚历克看见一群阿拉伯人正激动地围在码头上。突然，他听到一声刺耳的嘶鸣，一匹硕大无比、浑身发亮的黑马正立着后腿，前腿在空中乱舞。它浑身是汗，眼睛上绑着一条围巾。

这匹马头小颈长，四肢刚健有力。它绝不是纯种阿拉伯马，而是一匹漂亮、粗野、非凡的野马。

两条长绳套在马头上，四个阿拉伯人正拼命将马往"德韦"号船上拉。一个身穿西服的人手握皮鞭，朝马后腿抽打，黑马乱跳乱踢，鼻里喷出粗气。如果问亚历克是否见过马发泄愤恨，这就是他第一次见。

亚历克远远地跟在后面，看见黑马被关进了船上的马厩里。

黑马在马厩里左冲右踢，马蹄发出如雷的巨响，刺耳的嘶鸣震撼天空。亚历克不禁生出一种同情来。这匹野马习惯了在宽广的草原上生活，可是，它现在却被监禁在几乎难以转身的马厩里。

"德韦"号船又启程了。

当天晚上，亚历克溜到了马厩旁。起先，他什么也看不见，等眼睛适应了黑暗后，他才看清黑马把头伸出了窗外。

亚历克慢慢朝它走去，手里拿着糖块。黑马正瞧着大海，马鬃在风里飘扬。突然，黑马转过头，盯着亚历克，眼里充满怒火。亚历克忙把糖放在窗台上，转身回房间去。过了一会儿，亚历克再次返回马厩，发现糖不见了。

此后，亚历克每晚总要溜到马厩，留下糖块。有时候，他能看见黑马；有时候，他只能听见马蹄声。

二

"德韦"号船在海上行驶，经过葡萄牙、西班牙，再过几天，就要到英国了。

一天夜晚，亚历克突然从梦中惊醒。外面大雨滂沱，电闪雷鸣，亚历克匆匆穿好衣服，披上救生衣，冲出房间。突然，一团火球从天而降，啪一声巨响，亚历克摔倒在地，晕了过去。苏醒时，他发现乘客纷纷拥向甲板，又哭又叫。"德韦"号船好像被雷劈成了两半，正缓缓下沉。甲板上已一片混乱，乘客、船员争先挤进救生船。奇怪，在这生死关头，亚历克倒很平静。他看见海浪吞噬着载重过量的救生船，立即想起了黑马，他挤出人群，朝马厩奔去。

马厩里传来比风暴还响的嘶鸣声。亚历克用力抬开马厩的门闩，掀开门。刹那间，厩里寂然无声，亚历克慢慢向后移动。突然，他看见黑马昂起头，兴奋地打着响鼻，朝船栏和亚历克扑来。马肚子微微擦了他一下，亚历克顿时飞入空中，落入海里。

亚历克浮出水面时，听见了爆炸声，"德韦"号沉入了海底。黑马游在他的身边，一条拴在马头上的缰绳就在眼前。他一把抓住缰绳，缠在腰间。黑马一会儿把他拖入水里，一会儿拖出水面。他累极了，连喝了几口海水。他知道，他只能让马拖着走，否则，只有死路一条。

天亮了，太阳出来了。亚历克不知道野马凭着本能可不可以把他带到陆地。他有些支持不住了，但是，看见前面拼命搏斗的动物，他又鼓起了勇气。

当他再次张开被海水刺痛的眼睛时，他惊喜地发现，马正拖着他朝前方三公里处的小岛游去。

黑马高声嘶鸣，它到了浅水处，立即变换了动作，撒腿朝小岛跑去。亚历克被越跑越快的黑马拖得头晕眼花，衣服被磨破了，脸上沾满了沙子。他想起腰间缠的缰绳，如果不解开，自己会被活活拖死的。他用手去解绳结，但是，结太紧。他想起了叔叔送的小刀，立刻把它从口袋里拿出来，疯狂地割缰绳。啪的一声，绳断了。亚历克躺在沙滩上，闭上眼睛，喃喃地说："叔叔，你的刀真有用啊！"

三

亚历克张开眼睛时，烈日当空，烤得他难受。他爬起来，腿不住地颤抖。他想找点水喝，发现沙滩上有马蹄印，就踉跄地沿蹄印走去。

小岛方圆不过三公里，除了几棵树、干草地以外，什么也没有。亚历克跟着马蹄印走到树下，那里有个小水塘，亚历克摇晃着朝水塘走去。在离水塘一百米的右边，黑马在吃草。它看见了亚历克，立即竖起后腿，一声鼻响，直朝亚历克扑来。亚历克太累了，他没有动，而且周围连藏身之地也没有。在荒岛上，野生动物为生存厮杀，这是自然规律。

突然，黑马停下来，离亚历克只有二十五米远，在亚历克和水塘间来回穿梭，愤怒地用足刨地，眼光灼灼，嘶声长鸣。

亚历克不敢动弹。过了好一会儿，黑马才停下来。它一会儿看看亚历克，一会儿又瞧瞧水塘。一声长鸣，半扬起身，又跑回草地了。

亚历克这才移动脚步，走到水塘边，一头扎进清凉的水塘里。

第二天，亚历克拖回海滩上的浮木，在水塘边搭起一个小棚。日子一天天过去了，他靠野果充饥，马吃干草。可以吃的东西太少了，而且野果、干草渐次减少，亚历克不得不为找吃的东西东奔西跑。

一天早晨，亚历克在岛边寻找能吃的贝壳。他发现，靠近水边的礁石上到处长着一种叫鹿角菜的海藻，洗净晒干后，人畜都可食用。他高兴极了，脱下衣服，摘了满满一大抱。

回到水塘边，他先洗净海藻，然后放在太阳下晒。亚历克看见黑马过来了，便捡起几块海藻，溜进了小棚，把剩余的全留在水塘边。

黑马到了水塘边，喝了几口水，接着，它抬起头看了看亚历克，鼻子颤抖了几下。它又埋下头，走到剩余的海藻跟前，闻了闻，叼起一块海藻，慢慢嚼起来。紧接着，它又吃了一块，不一会儿，剩下的海藻全被它吃光了。

当晚，圆月高照，小岛格外宁静。黑马在小棚附近，好像在看月亮。亚历克吹了一声口哨，黑马朝他的方向望了望，随即也高声嘶鸣。亚历克笑了，然后钻进了小棚。

四

第二天，亚历克又去捡海藻。他走近礁石，看见黑马静静地站在一块巨石旁边。

亚历克爬上礁石，正要伸头往礁石下瞧，突然，黑马尖声嘶鸣，声音令人毛骨悚然。亚历克抬头一看，只见黑马张牙露齿，纵身朝他冲来。霎时间，黑马抬起前腿在亚历克上空狠踢了几下，然后落在离亚历克仅三米远的地方，紧接着，黑马来回走动，马蹄踏着地砰砰直响，眼睛一刻也没离开亚历克前面的那块地方。

蹄声终于停下了，黑马仰天嘶鸣，慢慢走开了。亚历克小心地走到马踩过的地方。啊！在他面前，有一条很长的黄黑色毒蛇，已经断成几截。亚历克愣住了，额头上渗出细细的汗珠，他知道被毒蛇咬后的可怕结果！他在恍惚中抬起头，盯着离他几步远的黑马想：难道黑马踩死毒蛇是为救他吗？难道黑马开始懂得，为了生存他们俩需要互相依赖吗？

亚历克慢慢走到黑马跟前，黑马的眼珠不安地转来转去。亚历克想摸黑马的头，但黑马尽量把头向后避开。亚历克又走近一步，抚摸着马的脖子，轻柔地说："别害怕，黑马，我不伤你。"当亚历克试图再摸它的头时，黑马战栗了一下，扬起前腿跑开了。

日子长了，亚历克和黑马渐渐有了感情。每当亚历克吹哨呼唤它时，它总会出现在他的跟前。黑马吃着草，亚历克抚摸着它。

一天晚上，亚历克的表情异常严肃。他产生了怪诞的想法：能不能试一下骑黑马？

第二天早晨，亚历克在沙滩上找到黑马。他走到马跟前，低声地说："别害怕，别害怕。"

亚历克朝不远处的沙丘走去，黑马跟在后面。他爬上沙丘，黑马紧张地竖起耳朵，盯着亚历克。亚历克双手抓紧浓密的马鬃，飞身上马。刹那间，黑马一动也不动，紧接着，随着一声鼻响，它猛地一跃。亚历克感到马隆起强有力的肌肉，自己一下被抛入空中，眼前一黑，摔在地上。

亚历克苏醒后，感到有什么热乎乎的东西贴在面颊上。他张开眼睛，看见是黑马正用头在推他。亚历克动了动手脚，发现只是点轻伤。他站起来，野蛮凶恶的样子在黑马身上消逝了。

几分钟后，亚历克又把马牵到沙丘边。这次，他轻柔地对来回晃动的马耳朵说："喂，我不会伤你的。"又过了几分钟，亚历克小心地爬上马背，马打着响鼻，又一次把他抛入空中。

亚历克坐起来，休息了一会儿。他吹响了口哨，马走到他跟前。亚历克坚定地爬上沙丘，凑到马耳边说："是我呀，我身体不重。"接着，他溜上马背，手臂搂住马脖子，黑马像离弦的箭一样狂奔起来。亚历克全身贴在马背上，风呼呼地在耳边直响。亚历克视线模糊，就好像掉进了无底深谷。他本能地朝前俯着，搂着马脖子，双膝夹紧马肚子，不停地对马说："慢点，黑马，慢点。"黑马开始有节奏地放慢速度，最终停下了。亚历克疲倦地滑下马背，躺在地上。他万万没想到，黑马跑得如此之快。

那天晚上，亚历克躺在小棚里，久久不能入眠。他浑身酸痛，但很兴奋，心仍然怦怦直跳。他骑上了黑马！他用仁爱征服了野蛮的黑马。

打那天起，亚历克的马术不断提高，他渐渐可以随心所欲地驾驭黑马啦。他骑着它在小岛上穿梭，在沙滩上飞驰，不知不觉地，黑马成了亚历克不可分离的伙伴。

五

一天早晨，一阵嘶鸣声惊醒了亚历克，他看见黑马在山顶上乱蹦乱跳。亚历克跑上山顶一看，原来离岛四百米的地方停泊着一艘货船，有条小船正向小岛驶来。

"有人来啦！"亚历克边喊边朝小船奔去，"咱们得救了，黑马。"

小船靠了岸，下来五个水手，为首的穿着制服，可能是船长。

"天哪，竟然还有一个小孩！"船长说，"岛上还有别的人吗？"

"只有我和黑马。"亚历克跑到跟前，激动得有点语塞。他向水手讲了他在"德韦"号船上的遭遇，在岛上度过的艰苦生活，以及他是如何驯服黑马的。

他讲完后，大家默不作声。过了一会儿，有个水手说："船长，这小孩很有想象力，他需要吃顿热饭，好好睡一觉。"

发现他们不相信，亚历克很气愤。为什么他们这样愚蠢？难道他的经历是异想天开的吗？

"我们发现这岛上有匹马，才停下船上岛看个究竟。"船长说，

"我们必须马上回船去。"

船长和水手拉着亚历克朝小船走去。亚历克要离开小岛啦！要离开对他有救命之恩的黑马！他用劲甩开他们的手，朝沙滩奔去，吹起响亮的口哨。

一匹黑马神奇地出现在小孩跟前，它昂起头，竖起耳，尖声嘶鸣。即使在很远的地方，他们也会发现这是匹硕大无比的黑种马。

亚历克搂住马脖子，轻柔地说："咱们一块走吧，黑马，一块走吧。"几分钟后，黑马犹豫不决地跟在亚历克后面，走到岸边。它紧张地一会儿看看亚历克，一会儿看看水手们，亚历克抚摸着它。

"船长，它和我一块走，我不能丢下它。"

"它太野了，没法对付。"

"我来对付它。"亚历克蛮有信心地说。

黑马原地不动，看着货船，好像明白即将发生什么事似的。

"它会游泳，"亚历克说，"它会跟我来的。"

船长跟水手商量了一阵，就对亚历克说："好吧，小孩，你赢了，一块走吧。"

亚历克的心剧烈地跳动着，他盯着黑马说："走吧，黑马，这是我们唯一的机会。"黑马已学会了相信亚历克，它胆怯地跟在后面。亚历克上了船，船慢慢开了。船上的亚历克一直盯着黑马，不停地说："黑马，快来吧，快来吧。"

黑马在岸上前纵后跳。它刚踩入水中，又猛地跳回沙滩，在岸边跑来跑去。它盯着渐渐远去的小船，不时地用足刨地，它在跟自己进行激烈的斗争。亚历克吹响口哨，黑马突然木然不动，竖耳凝听。紧接着，它扬起前腿，一头扎进海水。

黑马在水中探出头，跟在小船后面，硕大的身躯在水里划动。亚历克俯下身，伸出手抚摸着马头，自豪地说："好样的，好样的。"

马游到了货船旁，货船上的人放下升降机，把马吊上甲板，亚历克把它牵进马厩。货船又起航了，朝南美雷罗港驶去。

五天后，船停泊在雷罗港。亚历克告别了船长、水手，牵马走过甲板。甲板尽头有一群等候下船的马，它们一见到黑马，就惊恐地嘶鸣。黑马竖起耳，专横地怒视着它们。这时，一匹几乎跟它一样大的栗色马也被牵上甲板，黑马尖声嘶鸣，焦躁地要挣脱亚历克手里的缰绳。亚历克摸着马，不住地安慰它。可黑马渐渐露出野蛮的天性。

突然，周围的水手大声惊叫，原来栗色马的马倌跌倒了，栗色马挣脱缰绳，朝黑马冲来。黑马立起后腿，高声嘶鸣，亚历克手中的缰绳也被挣脱了。

两匹马迎面相扑，蹄声如雷。它们相互撞着，又扬起前腿，张开大牙，乱踢乱咬。黑马恶狠狠地咬住了栗色马，马鬃像鞭子一样在空中抽打。栗色马使劲挣扎，摆脱了黑马。它们又摆好了搏斗的姿势，继续拼死厮打。黑马的嘶鸣声比以前更刺耳，它的力量终于压倒了栗色马，只见它扬起马蹄，一脚把栗色马踢翻了，然后向前一纵，马蹄踩在倒地的栗色马身上。

黑马身上渗出亮晶晶的汗珠，它扭过头，雄赳赳、大踏步地朝挤成一团的马走去。这些马胆怯地嘶鸣着，不敢动弹。黑马绕着它们走了一圈，眼睛炯炯有神，得意扬扬。

亚历克跟在后面，听见许多人大声叫喊："喂，小孩，闪开，危险！"黑马停住了，扭过头，见亚历克在后面。亚历克拾起缰绳，轻轻拉了拉。黑马犹豫了一阵，朝马群走了几步，然后转过身，跟着亚历克离开了甲板，朝开往纽约的轮船走去。周围的水手爆发出惊喜的喝彩声，为他们让开了一条路。

六

两天后，船停泊在纽约港。时近黄昏，华灯初照，摩天大楼矗立在跟前。亚历克感慨万分，他抚摸着呼吸急促的黑马说："咱们到家了，黑马！"

码头上人来人往，非常拥挤。黑马紧张地东看西瞧，嘴里不时响起短促、刺耳的嘶鸣，亚历克紧紧捏住缰绳。城市的喧闹声越来越响，黑马身上的肌肉在颤抖。这时，有辆货车开进码头，耀眼的车灯直射过来。黑马一声嘶鸣，扬起前腿。亚历克捏紧缰绳不放，被黑马腾空拉起，接着他手一松，摔在地上。码头上的人吓得惊叫，眼睁睁地看着黑马前蹄落地，踩在亚历克的头两边。

有个警察冲过来，手提着枪，他担心黑马会踩在亚历克的身上。

"别开枪！"亚历克说。

"只要它不伤害人，我就不开枪。"

"我来对付它。"亚历克又说。

"要我帮忙吗？"警察问。

"不用了，大家站开，我一个人最安全。"

亚历克站起来，抓住缰绳，把手放在马脖子上，说："黑马，怎么啦？难道纽约吓坏你了吗？"黑马胆怯地用鼻子碰了碰亚历克。"没关系，你很快就会适应的。"亚历克掏出糖块喂给黑马。

"脱下毛衣，蒙住它的眼睛。"警察大声地说。

"好主意。"亚历克立即脱下毛衣，把它叠好，绑在黑马的头上。黑马急忙摇头，想挣脱蒙在头上的毛衣。亚历克抓稳缰绳，一边轻柔地对黑马讲话，一边牵着它，慢慢走出码头。

有个年轻人小心地走到他们跟前。他手提照相机，对亚历克说："你好，我叫杰罗索，是《今日快报》的记者。我想为你拍照，采访你的奇遇。据我所知，你是'德韦'号船唯一的幸存者。"

"它也是幸存者。"亚历克指着黑马说。

"哦，你是说，这匹马也在船上？"杰罗索惊奇地说。

"是的，"亚历克回答，"它确实在船上。"

"船沉时，你们怎么逃出来的呢？"杰罗索匆匆拿出笔和纸，饶有兴趣地记录起来。

"说来话长，"亚历克说，"我这会儿正忙着呢。"他转身又去照顾直打响鼻的黑马。

杰罗索真不愧是个能干的记者。他说："我知道，你要一辆货车，我来帮你找车吧。事办好后，请你把你的全部经历讲给我听，好吗？"

"好。"亚历克打心眼里感激他帮助解决立刻把马弄回家的问题。

<h1 style="text-align:center">七</h1>

亚历克的家在纽约市郊。一小时后，载着黑马的货车到达了那里。他家附近有一座旧仓库，里面喂了一匹老灰马，名叫纳伯能。与仓库主人亨利夫妇商量后，车开到了仓库门口。五十岁开外的亨利打开了大门。

"到家了，黑马。"亚历克跳下车，打开了车厢门，抓稳了缰绳，牵下了黑马。

亨利靠在门口，目光在马身上转来转去。"天哪！瞧这匹马，漂亮的头，宽大的胸，健壮的腿。"他喃喃自语。

亚历克将马牵进了仓库，靠近门的马厩住的是老灰马纳伯能。一见到黑马进来，它软弱地嘶鸣了几声，缩进了厩内。

"亨利，我该把黑马安排在纳伯能旁边的马厩吗？"亚历克问，"你认为安全吗？"

"很安全，纳伯能还会帮助黑马稳定情绪哩。"亨利抱来一捆稻草，撒在地上作马床，"牵进来吧。"

黑马走进马厩，亚历克卸下缰绳，把马料倒进马槽。纳伯能好奇地将头伸过马厩隔板，黑马见到纳伯能，跑过去多疑地嗅了一下。纳伯能没有动，亚历克担心它们会打起来。奇怪，黑马的头伸进纳伯能的马厩，嘶鸣了一声，纳伯能也回叫了一声，表示欢迎。

　　亨利笑了。"瞧，"他说，"我说的不错吧，它们成了朋友啦。"

　　过了一会儿，亚历克回到了家，见到了他的父母。同时，应杰罗索的请求，亚历克在客厅里详细讲述了一路上不平凡的经历。

　　第二天早晨，亚历克牵着黑马出了马厩，黑马在田野上起劲地吃起青草来。接着，他又牵着黑马往田野深处跑去，黑马撒欢地跑在他的前面。

　　"让我骑一下好吗？"亚历克把马带到土丘边，双手抓住缰绳，爬上马背。黑马起先静立不动，紧接着撒腿疾驰。他们在田野里奔驰，风打在亚历克的脸上，马蹄声在宁静的清晨回荡着。

　　亨利靠在仓库门口，目不转睛地盯着他们。亚历克看见了他，勒住了马，小跑到他的跟前。"早上好，亨利！"亚历克兴奋地说，"我们在田野里跑了一阵，像风一般快。你见到了吗？"

　　亨利没有动，他在仔细打量黑马。"当然看见了，"亨利说，"孩子，我一生骑过也见过许多马，就没见过像你这匹马表演得如此精彩。但愿能见到它跑在赛马场里。"亨利陷入沉思。

　　"你是说赛马？"亚历克问。

"对。"亨利看着亚历克说，"只要加紧训练，它一定会在大赛中夺魁。"亨利脸上泛起了兴奋的神色。

"亨利，这可能吗？"

"完全可能。我年轻时，参加过许多马赛，获过赛马冠军；我老了，现在改行成了赛马训练员。告诉你吧，我一眼就能认出什么是好马，什么是劣马。如果你愿意，我们一定能把黑马培养成赛马场上最快的马。"

亚历克看着老人，说："那太棒了！亨利，如果我们不让它乱打乱咬的话，它肯定能与世界上任何马比试高低。"

亚历克上学去了，留下亨利照顾黑马。他们成了一对搭档。

八

一天，下课铃响了，亚历克急忙离开学校，朝马厩跑去。经过一段时间的准备，今天他们要给黑马套马勒、马鞍，开始正式训练。

亚历克吹响了口哨，黑马抬起头，跑到他跟前。"喂，黑马，你好！"亚历克摸着马脖子。亨利走过去，拿着马勒和马鞍。

他们跑到田野中央，亚历克抓稳缰绳，亨利拿着马鞍绕到马的左边。亚历克发现，黑马的眼睛死盯着亨利，因为它觉得有件什么东西在它身上移动，让它感到不舒服。

"抓稳，孩子！"亨利叫道。

亚历克把手里的缰绳捏得更紧了。亨利把马鞍轻轻放在马背上，还没来得及去抓马的腹带，黑马后腿一跳，马鞍一下飞入空中。

黑马紧张地绕圈打转，亚历克拼命拉住它不放。亨利捡起马鞍重新放在马背上，马鞍又一次飞入空中。

十五分钟后，马鞍还没套到马背上，亨利和亚历克已经累了。

"如果有办法套上马鞍该多好啊！"亨利说。

亚历克思考片刻后，说："黑马讨厌的是腹带。把我这边的腹带放长些，然后，我托住马背上的马鞍，你马上抓住腹带末端，把它扣好。我一松手放下马鞍，你就拉紧腹带，动作要快……"

"这办法可能有效。"亨利说。

黑马紧张地转来转去。"噢，黑马，别紧张。"亚历克托住马鞍，尽量靠近马背。

"好了吗，亨利？"亚历克问。

"再等一等。"

黑马这会儿正朝田野尽头瞧哩。

"好啦。"亨利小声地说。

亚历克一松手，马鞍一下落在马背上。黑马立刻扬起前腿，亚历克跳到一旁；亨利不顾危险，双手一用劲，腹带扣紧了。

黑马直起身，飞奔在田野上。它又是旋转，又是甩后腿，千方百计地想挣脱马鞍。突然，它又直起身往后倒下，啪的一声，马鞍破了。

"完啦！"亚历克说。

"要是马鞍没有掉下来，还可以用。"

马站起后，又疾驰起来。马鞍虽然破了，但还在马背上。亚历克一声口哨，马停住了，竖起了耳朵。"怎么啦，黑马？"亚历克小心地走到马跟前，"害怕背上的马鞍吗？"他掏出糖块，伸到马嘴前，抚摸着马脖子。亚历克发现，马鞍还能用。

"带它走一圈吧，亚历克。"亨利说。

亚历克牵着马在田野上慢慢地走，偶尔，黑马甩几下后腿。

十分钟后，亨利说："骑上它，怎么样？"

亨利把亚历克扶上马背，霎时间，亚历克感到自己一下飞入了空中，啪的一声，又摔在地上。亨利连忙跑过来扶起他，不安地说："摔疼了吗？"

"没事，只是有点疼。"黑马走过来，把鼻子凑到亚历克的上衣口袋上。"为什么它要甩我呢？是因为它背上有马鞍吗？"

"可能是这样吧，亚历克。"亨利说，"它还不习惯马鞍，还不知道你骑在它身上啊。按以前的习惯，你先对它说话，让它感觉一下你的手和腿，再慢慢爬上马背。"

"好吧。"亚历克走到马身边，凑到马耳边讲话，手在马脖子上抚摸。过了一会儿，他上了马，坐在马鞍上。这次，亚历克有了准备，黑马立起身时，他赶紧抓紧马鬃，也跟着立起身。黑马突然奔跑起来，亚历克俯下身，不住地对马讲话，黑马依然不肯减速。突然，亚历克觉得自己可以驾驭它了。马跑近田野的围栏时，他勒住马，马转过身，又继续奔跑。"真带劲！"亚历克从亨利身边跑过时大声叫道。

这片田野不很宽敞，黑马并没跑得像以前那样快。不用多久，亚历克就勒住了马，跑回亨利身边。

"很好，"亨利说，"现在该给它套马勒了。"

"它已经累了。"

"正因为它累了，才好套马勒哩。"

亨利走到马前面，不用几分钟，就熟练地把马嚼子塞进了马嘴，亚历克为黑马套上了马勒。黑马摇着头，不自然地绕着圆圈跑来跑去。十五分钟后，亚历克又骑上了黑马，轻抖缰绳，指挥黑马左拐右转，黑马很快就习惯了。

九

两星期后，亚历克从报纸上得知，六月二十六日将在芝加哥举行轰动全国的赛马比赛。参赛的分别是来自美国东西海岸的两匹马，一匹叫"偷袭马"，另一匹叫"旋风马"。它们的名字可以说是家喻户晓。赛马专家认为，它们是全国跑得最快的马。

一天，杰罗索开车路过亚历克的马厩。"哈啰，亚历克，"他说，"我顺路采访，来看看你和黑马。"

"黑马很好。"亚历克自豪地笑了。

"它在田野里。"亨利指着黑马说。

亚历克吹响了口哨，黑马跑了过来。它一见杰罗索，扬起腿，又跑回田野了。"也许它忘记我了吧。"杰罗索笑了，"它是我见过的最大的马。"

"也是你见过跑得最快的马。"亚历克说。

"比旋风马、偷袭马跑得还快吗？"杰罗索开玩笑地说。

"它们不是黑马的对手。"亨利说。

杰罗索笑道："全国都在争论谁是跑得最快的马——偷袭马，还是旋风马。黑马最快？别吹牛了！"

"真的，"亚历克说，"我们计划让它参加大型马赛。"

"这么说，你们有把握了？"杰罗索认真了，"可是，这匹马太野，很难驯服啊。"

"不管怎么说，它是世界上跑得最快的马。"亨利认真地说。

"那么，你们敢去参加有偷袭马、旋风马参加的比赛吗？"杰罗索搔着头问。

"能行吗？"亨利反问道。

"现在有哪件事做不到的？"杰罗索说，"这次芝加哥的赛马是一场特殊比赛。只要是参赛马的主人同意，我看就没有问题。"

"那我们该怎么办呢？"亚历克问。

"有个叫杰姆的记者跟我在同一个报社工作。他是个赛马迷，而且芝加哥的比赛是他发起的。他不会相信世界上有别的马能击败偷袭马和旋风马。"杰罗索停顿了一下，又说，"你保证黑马能赢吗？"

亨利笑了，说："干脆你把杰姆带到伯尔曼赛场去，让他亲眼看看黑马的训练，怎么样？"

"好主意，"杰罗索说，"我马上与杰姆联系。什么时候训练？"

"明天晚上。"亚历克说。

"一言为定！"杰罗索说完，便开车走了。

第二天夜晚，皓月当空，亚历克偷偷出了家门，到了马厩，一辆货车已等在那里。

"准备好了吗，亨利？"亚历克问。

"好了，"亨利悄声回答，"别作声，不要惊动四邻。"

门轻轻地打开了，听见响声的黑马、纳伯能伸出头，突然嘶鸣起来。

"嘘嘘。"亚历克摸着马鼻子，要它们别作声。接着，他牵出黑马，亨利关上了门。可是，黑马扭过头朝厩里的纳伯能高声嘶鸣，纳伯能也嘶鸣回答。

"天哪！"亨利手足无措地说，"不惊动四邻，就别想走出这里！"

"亨利，"亚历克说，"带上纳伯能好吗？那样不仅可以悄悄离开这里，也容易管好黑马。"

亨利看着昂头嘶鸣的黑马，沉思了片刻，说："好吧，试试看。"

半小时后，车到了伯尔曼赛场。杰罗索和杰姆已经等在那里。

互相介绍后，杰姆说："是杰罗索硬拉我到这里来的。坦率地说，我想象不出哪匹马可以跟旋风马、偷袭马比试高低。"

"如果不是亲眼所见，我也不信哪。"亨利笑着说。

杰姆压低了帽檐，严肃地说："你相信你那匹马会赢吗？"

"对，"亨利回答，"但是，那不是我的马，是亚历克的，我帮助他训练它。"

"把马拉出来给杰姆瞧瞧吧。"杰罗索说。

"好。"亚历克把马牵到赛场边。

"啊，"杰姆惊奇地说，"这是一匹巨马哟！"

黑马摇着头，精神抖擞，好像准备起跑似的。它那有着野性之美的头扭过来，看见两个陌生人，猛地一纵。亚历克拉紧缰绳，抚慰着它，黑马才颤抖着身体站住了。

杰姆小心地围着马走了一圈。

"小心，它要踢人的。"亚历克提醒杰姆。

"别担心！"杰姆说，"我开始相信你们的话了。如果它跑得跟它长得那么漂亮就好啰。"

亨利牵来了纳伯能。"这是纳伯能。"亨利介绍给杰姆。

"另一名冠军吗？"杰姆笑道。

"它会安慰黑马，我们也把它带来了。"

"主意不错。"杰姆看见纳伯能的鼻子凑到黑马跟前。

几分钟后，黑马已经被套好了马鞍，戴上了马勒，它快乐地立足腾跃。

"好啦，"亨利转身对亚历克说，"让它熟悉跑道，尽量控制住它。不到最后时刻，千万别让它冲刺，明白吗？"

"明白。"亚历克说。

亨利把亚历克扶上马鞍，而后，黑马的马蹄迅速地踏在松软的泥土上。亚历克发现，亨利手里拿着一只银光闪闪的跑表。

"先让它走一圈吧。"亨利说。

亚历克紧握缰绳，骑着马绕道慢行。当他们走到亨利身边时，亚历克大吼一声"跑吧"，黑马朝前一纵，闪电般地飞驰在跑道上。亚历克贴紧马背，拉紧缰绳，风刮在脸上，汗珠从面颊上流下。

马跑了一圈又一圈，马蹄爆发出雷霆般的响声。跑到终点线时，黑马一掠而过，但还是一股劲地冲。又跑了好几圈后，才终于停住了。

亚历克疲倦地下了马鞍。亨利跑到跟前，接过糊了血的缰绳，亚历克的手磨出血了。亨利搂住他说："放松一下，别紧张。"

"我打心眼里高兴，黑马跑得真快，我甚至连呼吸都有些困难。"亚历克说。

杰姆走过来说："孩子，我看过许多赛马，但是，没有谁能与黑马匹敌。"杰姆又转身对亨利说："你说对了，它是我们见过的跑得最快的马。如果不是亲眼所见，简直难以相信。"

亚历克问："杰姆，你认为我们能参加芝加哥的比赛吗？"

"我从不随意许诺，"杰姆回答，"但是，我会尽力帮助你们。请看我明天的专栏吧。"

十

就在第二天早晨，《今日快报》在"杰姆专栏"登出了一篇文章，题目是《能击败偷袭马和旋风马的神秘马是谁？》，文章说："芝加哥的赛马比赛是要解决一个问题——选出哪匹马是全国跑得最快的马。然而，这场比赛再也不能选出谁是跑得最快的马了，因为我亲眼见到一匹神秘马，它很可能使偷袭马、旋风马一败涂地，狼狈不堪。"

杰姆是全国有名的体育记者，全国各家报纸都转载了他的报道，以至于文章中的神秘马越来越引起公众的好奇。除此之外，杰姆每天还要在专栏里登出黑马的照片，一再提醒大家别忘了神秘马。

"谁是神秘马？"公众不断询问。但杰姆说，他答应要保守秘密，不到关键时刻，不能公之于众。

就在离比赛只有一星期的时候，《今日快报》又登出了杰姆的最新专稿，题目是《神秘马将参加芝加哥比赛》。杰姆在文章中说："昨天，我高兴地收到了旋风马主人的来信。他说：'既然下周的芝加哥比赛仅仅是赛马而已，所得收入将全部赠给慈善机构，就绝没有理由不让神秘马在芝加哥跟他的马以及偷袭马比试一下。如果神秘马的主人有把握自己的马能胜过旋风马，只要偷袭马的主人也没有意见，就请到芝加哥来比试一下吧。'收到了旋风马的主人的来信，我立刻给偷袭马的主人去了电话，问他有何看法。他说：'全国各地都在议论神秘马。我呢，最好一箭双雕，同时击败旋风马和神秘马。'"

大赛终于开始了。全国上下都关注着芝加哥，火车、汽车、飞机轰隆隆地开进芝加哥，卸下成千上万个朝赛马场奔去的乘客。杰姆陪同亚历克、亨利于前一天就悄悄到了芝加哥。他们带来了黑马，也带来了纳伯能。它们被关在赛场内的马厩里，不与外界接触，不接受参观采访。

比赛时间快到了，亚历克冷静地抚摸着正在用足刨地的黑马。许多警察在门外站成一排，不让观众靠近马厩。看台上拥挤着成千上万的观众，乐队奏起悦耳的乐曲。

"准备好了吗？"亨利从跑道回来，他眨着眼，脸挂微笑。

"好啦。"

亨利把马牵出马厩，远处的喧闹声使黑马紧张起来。

旋风马是第一个走进赛场的，它身披火红色毛毯，看台上响起一阵喝彩。它几乎跟黑马一样大，只是眼睛里没有野蛮、紧张的神色。

几分钟后，偷袭马出来了，它身披白色毛毯，倔强地东看西瞧，观众顿时又一阵喝彩。它跟黑马一样大，一样魁梧。

接着，身披崭新黑毛毯的黑马出来了，陪同它的是纳伯能，人群里发出惊讶的"嘘嘘"声。黑马一见前面有两匹烈马，顿时目发怒火。亚历克拉紧缰绳，远远地跟在后面。黑马跟栗色马在雷罗港那场搏斗的情景，他至今还记忆犹新。

"这是神秘马！"有人高喊道。"它比偷袭马还要大！"观众议论纷纷，不住欢呼。

"上马！"几分钟后，一位赛马官吼道。

亨利取下毛毯，套上马勒、马鞍，又把亚历克扶上马鞍。警察站成一排，挡住拥挤的人群，开出一条通道。这时，号声齐鸣，黑马昂起头，竖起耳，亨利牵着它朝跑道走去。到了入口处，亨利站住了，对亚历克说："好啦，一切全靠你啦。"哀伤悲鸣的纳伯能目送黑马朝起跑点走去。

一匹硕大的黑马出现在观众眼前，马鬃像火焰一样随风飘扬，这使看台上的观众疯狂。

"这就是神秘马！"广播评论员高声喊道，"它的名字叫黑马，骑马的叫亚历克。瞧，它又黑又壮，好像它不想靠近别的马。女士们，先生们，今天有一场精彩的比赛，这将是本世纪最著名的马赛。"

评论员接着说："现在它走近了起跑点。旋风马不愿靠近它，让开了。偷袭马龇牙咧嘴地站在原地不动弹。赛马发令员碰到了棘手的问题，三匹马排成一行啰。瞧，黑马腾空而起，扑向偷袭马，厮打起来。听，黑马尖声嘶鸣，声音刺耳。观众们，你们见过这种场面吗？瞧，亚历克贴紧马背，他要驾驭这匹永不驯服的马，一匹赛场上的野马。"

评论员继续说："今天，偷袭马真遇着了打架对手啦！瞧，它往后退了！发令员把旋风马插入它们中间。妙极了！亚历克又控制住黑马了，他真棒！偷袭马不会就此罢休的。瞧，它越过了起跑线，朝黑马踢去！踢中了！哦，黑马的腿受伤了，出血了，伤势不轻啊！黑马疯了，它立起后腿，朝偷袭马扑过去。偷袭马不敢硬拼，又往后退了。等等，瞧，亚历克拼命拉住黑马，扭过马头，走出了跑场。偷袭马当然不想再打啰，它回到了起跑位置。"

"瞧，好像发令员要发令了。黑马的腿血流如注，亚历克俯下身正查看马的伤势。他要下马啦，他可能不参加比赛了，真可惜！枪响了，偷袭马、旋风马飞出了起跑线。发令员没有看见亚历克——他正从马鞍上往下爬。"

"旋风马和偷袭马头并头地掠过看台。黑马还站在起跑线外，它弃权了。不，它追上去了。它的骑手还没坐稳马鞍，好，坐稳了！亚历克正用劲扯住缰绳，要它停下，他不想让马带伤参赛。这好像没用，黑马只想跑，它疯了。它落后几乎一百米，太远喽，赶不上了。但是，它还在追……"

评论员继续说："头一圈，旋风马领先偷袭马。现在拐弯了，偷袭马跟上来了，它们并驾齐驱，不分胜负。"

突然，看台上响起震耳欲聋的呼声。"注意！注意！"评论员歇斯底里地叫喊，"黑马追上来啦。谁见过马是这样跑的吗？它是力的象征，美的象征。它和其他马的距离在缩短，越来越近。多么精彩的动作！多么快速的步伐！偷袭马超过了旋风马，它们正在进行最后的冲刺了。"

"偷袭马像海浪一样，汹涌向前，旋风马落后了。黑马超过了旋风马！偷袭马只领先两步远，骑手不停地抽打偷袭马。黑马加速了，只落后一步了。黑马没挨一鞭子，它的主人像一朵刺花隐没在又密又黑的马鬃里。"

人群爆发出雷霆般的呼喊，离终点只有一百米远啦。黑马迈开非凡的马蹄，掠过看台，与偷袭马并驾齐驱。突然，黑马犹豫起来，耳朵向后，张牙露齿，观众愣住了。就在这千钧一发的时刻，亚历克挥起手，落在马身上。霎时间，黑马一下冲在前头，领先两步，掠过欢呼的人群，冲过了终线。

黑马又跑了一圈，才被勒住停下来。亚历克滑下马背，立刻弯腰查看马腿的伤势，他忘记了观众的欢呼声。血还在流，亚历克取出手帕，把伤口包扎起来。"你不该跑啊，黑马。"亚历克说。

亨利和兽医跑过来。"伤重吗？"亨利焦急地问。

"不清楚，我只知道它受伤了，流了许多血。"

兽医剪开带血的手帕，查看伤口，亨利从急救箱里拿出药水、海绵、绷带。

喧闹声戛然而止，所有的眼睛都瞧着他们，明白出事了。

兽医直起身，说："它失血过多，但不要紧，皮肉之伤，休息几天就会好的。"

亚历克和亨利热泪盈眶，一时不知说什么才好。

"咳，亚历克，"亨利打破了沉默，"你和黑马成功了！"

兽医用绷带把黑马的伤口包扎好后，说："瞧，大伙正等着你去领奖呢！"

这时，亚历克才意识到比赛结束了，他们赢了。观众正在为他们欢呼。一股热流涌向亚历克全身，他的心怦怦直跳。许多人冲破了警

察的防线，朝黑马拥来。突然，他们又站住了，急忙向后退，因为黑马扬起腿，怒视着他们。

亚历克骑着黑马来到了冠军台。奇怪，黑马第一次文静地站在台上，一动也不动，亚历克和亨利几乎不敢相信自己的眼睛。州长向亚历克颁发了象征赛场霸主的金质奖杯。体育评论员推开人群，把麦克风送到他跟前，请他讲话。

亚历克犹豫了一下，说："我们一直相信黑马棒极了。今天，它不过向公众证实了一下而已。"

接着，评论员讲述了亚历克和黑马不平凡的经历。

几位警察推开人群，杰姆牵着纳伯能过来了。两马相见，高声嘶鸣，欢蹦喜跳。亚历克给它们戴上了花环，黑马扬起腿，纳伯能高兴地紧挨着它。亚历克笑了，亨利笑了。他们抚摸着黑马，穿过人群，去请它吃用来庆功的燕麦。

阅读链接

请给马鞠个躬 ——沈石溪

若问世界上哪位动物小说家写马写得最多、写马写得最棒，毫无疑问，非美国作家瓦特·法利莫属。瓦特·法利是美国当代最受欢迎的儿童文学作家之一，他绝大部分作品都是写马的，除了本书选编的中篇小说《黑马》外，还以黑马为主角连续写了《黑马回来了》《黑马和火焰》《黑马受到挑战》等15部动物小说，算得上是写马的专业户了。

瓦特·法利喜欢写马，跟他的家庭背景是分不开的。他出生在美国一个牧场主家庭，活蹦乱跳的小马驹是他的童年玩伴。他有个亲叔叔，担任职业马术师，他经常到叔叔家做客，学到了很多关于马的知识，并对这种勇敢机灵、吃苦耐劳的动物产生了浓厚兴趣和深厚感情，也为以后写马的小说积累了丰厚的生活素材。

《黑马》是作者第一部动物小说，据作者自己讲，中学时代就开始动笔写《黑马》，持续了好几年，一直到大学时代才完成。

《黑马》故事带有传奇色彩，写一个男孩与一匹野马同船渡海，男孩欣赏马的威武和野性，半夜偷偷将糖果放在马厩窗台上。当天夜里，轮船不幸沉没，男孩拉着野马的缰绳，侥幸脱险，漂流到一个荒岛上，野马和男孩生死相依，结下了深厚感情。数月后，一艘过路船只将男孩和野马送回纽约。在男孩悉心调教下，野马成了一匹赛马场上的骏马，一举夺冠，为男孩赢得荣誉。

也许今天读起来，这个男孩与野马的离奇故事并不算太高明了。这篇动物小说的艺术价值，似乎也不在故事情节上。真正感动读者的，是男孩与野马波澜起伏的情感线。人们粗暴对待野马，在认识男孩之前，野马对人类抱有很大仇恨，男孩用一颗滚烫的爱心，慢慢融化野马心中的寒冰。对马的描写，既准确又传神，尤其对马由开始时的抗拒到最后与男孩心心相印的过程，写得丝丝入扣，真实可信。小说还有一层寓意：即使是一匹桀骜不驯的野马，只要人们用心去爱，它也能变成一匹有用的骏马。对马来说，性子刚烈的野马，有一种内在的蓬勃的生命力，具有无限的优秀潜质，只要调教得当，或许就是一匹人见人爱的千里马。

爱，不仅可以超越民族，超越国界，还可以超越物种。爱是一种所有生命都能听懂的语言，是所有生命茁壮成长不可或缺的阳光雨露。

曾经，马是人们心目中最高尚、最有用的动物。在古代，马曾是农业生产、交通运输和军事等活动的主要动力。马在人类文明的形成和发展中发挥过很重要的作用，史学家甚至将古代亚欧大陆的游牧民族文化通称为"马背文化"。早在春秋战国之前，中国已使用四匹马拉的马车，所以才有"一言既出，驷马难追"这个成语。今天，随着汽车工业的高速发展，马渐渐退出了人类生活舞台。但我们不应该忘记马对人类文明进步做出的卓越贡献。人类要有感恩之心，感谢那些曾经忠实陪伴和无私帮助过我们的动物朋友。在人类所有的动物朋友中，马永远是人类最值得尊敬和信赖的好朋友。遗憾的是，在中国绝大部分地方，除了在动物园里，已经看不到马了。尤其在青少年眼里，马已变得陌生，他们难以感受马独具的魅力。那么，我推荐大家读一读美国作家瓦特·法利写的《黑马》，你们起码可以了解很多关于马的生活细节，触摸骏马丰富的内心世界。这部优秀的动物小说，被翻译成十几个国家的文字，累计发行超过1200万册，还被改编为同名电影。

男孩与猞猁

[加拿大] 欧·汤·西顿

一、男孩

男孩还不到十五岁，热爱体育，爱得不一般，虽说是个新手。成群的野鸽成天飞过蓝色的凯格纳儿湖，成行地停在枯枝上，那是些烧焦的粗树干，立在那儿像是火的纪念碑，周围是森林里的一小片空地，于是野鸽成了诱人的活靶子。他一连几小时地跟着他们，却一无所获。野鸽似乎了解老式猎枪的确切射程，每次他还没走近到可以开枪的地方，他们就拍翅膀飞了起来。

终于有一小群野鸽散落在泉水周围的绿树丛中，正挨着那间小木屋，借着它的掩护，索伯恩轻手轻脚地往里走。他见近处有只鸽子，瞄了很久，开了枪。几乎同时传出一声巨响，那鸟儿倒在地上死了。索伯恩冲过去抓战利品，却见一个高个儿的年轻人走出来，捡起了鸽子。

"喂，科尼！你拿了我的鸟儿！"

"你的雀儿？你的不知早飞到哪儿去了。我眼瞅着他们飞到这旮旯儿来，心想非要用枪打上一只。"

他们仔细查看后，发现那只鸽子中了一粒步枪子弹和一粒猎枪子弹，原来枪手们向同一只鸟儿开了火。俩人都被逗乐了，不过这事儿也有它不好笑的地方，因为那个荒野僻林里的家既缺火药，又少吃的。

科尼，一个六英尺高的年轻小伙子，最典型的爱尔兰裔加拿大人的样子，这会儿他朝小木屋走去，在那儿简朴艰辛的生活倒成了欢乐的源泉。因为虽说科尔茨一家生长在加拿大的荒野僻林里，却将爱尔兰人闻名于世的乐天通达的好性情保留得完好无损。

科尼是大家庭里的长子。老辈们住在南面二十五英里外的彼得塞。他已经立誓要用费尼邦克的林子打造自己的家，而他的姊妹——古板可靠的玛格特和聪慧机敏的露也都长成大人了，替他守着家。索伯恩·阿尔德是他家的客人。他生了场重病，刚刚复原，被送来林子里吃苦，希望能沾上些主人们的精气神。

他们的家由天然的原木搭成，没有地板，屋顶上杂草丛生。四周的原始树林被隔成了两块：一块有条差得不能再差的路往南通向彼得塞；另一块有个波光闪闪的湖荡漾在满是卵石的河滩边，从那儿可以瞥见离他们最近的邻居家的房子——在水那头四英里外。

他们的生活每天都一成不变。破晓时，科尼起床去生火，喊姊妹们，她们做早饭时他就喂马。六点吃完饭，科尼去干活。中午，玛格特通过某根焦木桩映在泉水里的影子明确地知道该是为马厩汲水的时候了。露则在旗杆上挂块白布条，科尼见了信号就会从夏日的休耕地里或是草田里回来，满身的土，脸黑黝黝、红扑扑的，一副阳刚十足、埋头苦干的样子。

索可能整个白天都不在，但到了晚上，他们重新聚拢在饭桌旁时，他会从湖边或是远处的山梁回来，吃与早饭、中饭一样的晚饭，因为饭菜也和日子一样，翻来覆去地一成不变：猪肉，面包，土豆，还有茶。在由原木搭的马棚旁边，那十几只母鸡偶尔会供应些鸡蛋。有野味的时候很少，因为索不是猎手，而科尼要照管农场，没时间干别的。

二、猞猁

一棵四英尺高的椴树以树的方式走了。死神已经够宽厚的了——发了三个警告：在同类中属它最大，子女们长大了，树干也空了。冬季大风把它吹倒，横中截断，露出一个原本在树中心的大洞。现在树中间开了个长树洞，阳光充足，正好给一只猞猁当理想的家，她正在为将要降生的小崽子们找遮风避雨的窝呢。

她又老又瘦，因为这一年对猞猁来说是个灾年。上一年秋天兔子们闹瘟疫，扫光了他们的主要粮源。冬天雪很厚，结成一个硬壳，松鸡几乎死光了。春季是漫长的雨天，仅剩的那几只正在长身体的小鸟也断了活路。池塘里水满满的，鱼蛙远离他们的利爪，安然无恙。这位猞猁妈妈的日子比其他同类好不到哪儿去。

小家伙们——还没降生就已经饿得半死——更是雪上加霜，因为他们占去了妈妈原本用于捕食的时间。

北方兔是猞猁爱吃的食物，有的年头里她一天能干掉五十只，可是今春她一只也没见着，瘟疫干得可真够利索的。

一天，她逮住了一只红松鼠，他钻进一截空木头，入了套。又一天，一条臭烘烘的黑蛇成了她唯一的口粮。小家伙们一天没吃饭了，可怜巴巴地哼哼着，要吃眼前那一点点东西。一天，她瞅见一只黑色的大动物，那味闻着难受，但很熟悉。她不动声色，敏捷地跳起来出击。她在豪猪的鼻子上来了一下，可是他低下头，竖起了尾巴，猞猁妈妈被这个扎人的小标枪刺中了十几处。每次她都用牙咬着猪尾巴使劲地拽，多年前她就已经领教了豪猪的厉害，现在实在是逼急了，才动了手。

那天她所有的收获就是一只青蛙。第二天，她在树林深处花了很长时间一个劲儿地找猎物。突然，她听见一种很独特的鸣叫声——这声音她从没听见过。她小心翼翼地靠近，在上风向闻到许多从没闻过的气味，还听到一些更加奇怪的声音。

猞猁妈妈来到森林里的一片空地时，又一次听到那种大而清晰的咕咕咕的鸣叫声。空地中央是两间硕大的麝鼠窝或海狸窝，比她之前见过的最大的还要大许多。窝的一部分是由木头搭的，没有建在水塘里，而是在个干燥的小圆坡上。窝的四周是些像松鸡的鸟儿，只是个头大些，颜色也各不一样，红的，黄的，白的。

她兴奋得直打战，要搁在人身上，就相当于头回打猎见到猎物时的那种兴奋劲儿。吃的——吃的——好多好多吃的，这位老猎手沉下身子贴近地面。她踱着方步，极其老练，极其巧妙，胸脯挨着地，胳膊肘高出了背。她必须得逮住一只，不惜任何代价，这次捕食要想尽办法，不出任何差错，即使花上几个钟头甚至一整天，她也必须在那只鸟儿准备飞走之前接近他，这样才有胜算。

从林子里藏身的地方到鼠窝也就几跳远，她却在那么点地方爬了一个钟头。她从树桩溜到矮树丛，从原木溜到草丛，身体平贴着，"松鸡"们没看见她。他们四处觅食，最大的那只发出最初传入她耳朵的那种响亮的鸣叫声。

有那么一会儿，他们像是觉察到了危险，但等了一阵儿，他们又不怕了。现在几乎能够着他们了，她身体抖着，急于捕食的心脏和饥不可耐的肠胃都等不及了。她眼睛盯着一只白色的松鸡——不是最近的那只。仿佛那颜色吸引了她的目光。

鼠窝周围是块空地，外面是长得很高的野草，树桩七零八落的，到处都是。那只白鸟在这些杂草后面转悠，红色、大嗓门的那只飞到鼠窝顶上唱歌，和先前一样。猞猁妈妈身子压得更低了。那调子像是在报警——哦，不对，白鸟还在那儿，透过野草她能看见鸟儿的羽毛闪着光。现在旁边是块空地，这位女猎手，身体平展得像张空皮，贴着地在一根不过她脖子粗细的木头后面慢慢地、悄悄地挪着。

要是她能挪到那片小树丛，就能神不知、鬼不觉地到野草那儿，这样就足够近了，可以一跃而起。现在她能闻着味了——浓烈的、强劲的生命的味道，血与肉的味道，这使她身体为之一振，两眼放光。

"松鸡"们仍在刨来刨去地找食吃，又一只飞到了高处的屋顶上，但那只白的没动窝。猞猁只需再慢慢地挪上五步。她躲在野草后面，透过草丛缝，见那只白鸟闪着光。她估摸了一下远近，试着立稳，用后腿来来回回地把落在地上的树枝清理干净，接着铆足劲跳了起来。那只白鸟还没搞明白怎么回事就丧了命，只见那个主掌生杀大权的灰影落了下来，干净利落、毫不留情地下了毒手，别的鸟儿还没看清敌人，也来不及飞起来，猞猁就逃之夭夭了，嘴里叼着那只扑棱着翅膀的白鸟。

她跃入森林，像只蜜蜂似的往家奔，同时没事找事地吼了一声，透着股凶残和高兴劲儿。猎物的身体还是温的，他最后又颤了一下，这时她听见前面重重的脚步声。她蹦上一根木头，猎物的翅膀挡住了她的眼睛，于是她放下鸟儿，用一只爪子稳稳当当地抓在手里。声音逼近了，矮树枝弯了下来，一个男孩走入视线。

老猞猁了解他的同类，她恨他们。她被他们夜间观察过，尾随过，被他们追捕、打伤过。他们面对面地站了一会儿，女猎手猞猁地发出一声警告，既是挑战，也是反抗，她叼起鸟儿，从原木上跳进了藏身的灌木丛，那儿离窝有一两英里远。她一直忍着没吃，直到看见那个日光下明亮的洞口和那棵大椴树，她才低声"扑碌——扑碌"地

唤小家伙们来与妈妈一起尽情享受一顿美味佳肴。

三、猞猁的家

起初，在城里长大的索，没有胆量贸然去树林深处听不见科尼斧头声音的地方。可是一天一天地，他越走越远，给自个儿找方向，他靠的不是树上的青苔，那不管用，而是全凭太阳、指南针和景貌特征。他的目的是要了解野生动物，而不是射杀他们。可是博物学家又往往是体育爱好者，他总是枪不离身。

在那片空地上，唯一像点样的动物就是一只胖墩墩的旱獭。他在

一根离木屋几百码远的木桩下有个洞。阳光灿烂的早晨，他常常躺在树桩上晒太阳，不过要享用林子里的任何一样好东西，都得时刻提防着才行。旱獭一向很警觉，索开过枪，也设过套，全是白费功夫。

"喂，"一天早上科尼说，"是时候弄些新鲜肉了。"他取下老式的镶铜小口径步枪，老练地上膛，不愧是个耍枪的好手。他把枪顶在门柱上立稳，开了火。旱獭向后倒下，不动弹了。索跑过去，拿着那动物得胜而归，大喊："刚好打穿头——一百二十码。"

科尼很得意，咧着嘴角矜持地笑了笑，那一刻他明亮的眼睛更加亮了。

猎杀旱獭另有原因，因为他在窝周围的庄稼地里搞破坏，范围越来越大。他的肉不只是给一家人提供了一顿美味，科尼还教索如何制皮：首先把皮子裹起来，用硬木灰盖上二十四小时，这样就能把毛去掉，然后把皮在肥皂水里浸泡三天，晾干时，再用手工操作，最后才能造出来一张结实的白色皮革。

索老在林子里转，想找点事干，走得越来越远，往往是费了老大的劲儿找啊找，事情却出其不意地自己出现了。多数时候啥事也没有，有时候事情又太多，"出其不意"终归是打猎独有的特点，也是它魅力不衰的原因。

一天，他朝着一个新方向走，过了山脊很远，穿过一片空地，一棵大椴树的树干断了，躺在那儿。树真大，他老记着。他又转回来，穿过空地去湖边西面一英里处，二十分钟后他动身往回走，这时他的目光落在一只黑色的大动物身上，他在一棵离地约三十英尺高的毒芹的丫权处。一只熊！

他整个夏天都在盼着、想着，紧张刺激终于来了，他一直都想知道那神秘的"自己"在这种非常考验下会如何反应。他立着不动，右手迅速地伸进口袋，取出三到四个带在身上应急的大号铅弹，放进去顶在那颗已经入膛的小号铅弹上，又塞了块软布把它们压下去。

熊没有动窝，男孩看不到他的头，这会儿他开始仔细打量他。他是个大家伙——不，是个小家伙，对，很小，一只熊崽。熊崽？那就是说眼前还有只母熊，索害怕了，四处张望，可是除了这只小的并没有母熊的影子，他端平枪，开了火。

接着，令他吃惊的是，那只动物轰然倒下，死翘翘了。不是一只熊，而是一只大个的豪猪。豪猪躺在那儿，索察看的时候又悔又叹，原本他没想要杀这样一个无辜的生灵。他发现豪猪的那张怪脸上有两三道长的抓痕，说明索并不是他唯一的敌人。转身时他发现裤子上有血，接着看到左手正在淌血。他被豪猪刺伤了，很严重，他却毫不知觉。没办法，他只好将这家伙留在那儿。露知道后说没剥皮真是可惜了，她正需要一件过冬用的绳毛边的短斗篷。

另一天索出门没带枪，因为他原本只是去采一些他见过的稀奇花草。它们挨着那片空地，他知道那地方，那儿有棵榆树倒在地上。快到时，他听到一个古怪的声音。接着他看见那根原木上有两样东西在动。

他抬起树枝，看了个清楚。原来是只猞猁的头和尾巴，猞猁个头大得出奇。猞猁也瞧见他了，瞪着眼睛咕咕噜噜地吼着。她脚下的木桩上是只白鸟，再一细看，是只他们养的宝贝母鸡。

这个野东西看样子够凶够狠的！索恨死她了！他憎恶极了，咬着牙，可是现在，来了个千载难逢的好机会，他却偏偏没带枪。他也一点儿没怕，站着，拿不准该怎么办。猞猁的吼声更大了，她那根又短又粗的尾巴恶狠狠地晃了一小会儿，然后她叼起猎物，从木桩上跳开，不见了。

由于这是一个多雨的夏季，地上到处都是软的，这位年轻的猎手被引着跟踪足迹，要是天气干燥，就是行家也干不了。一天，他在林子里碰到猪一类动物的足迹。他跟着足迹，没费吹灰之力，因为足印是新的，两小时前的大雨已经把所有其他的印记都冲洗干净了。跟了约有半英里，他被带到一个开阔陡峭的山谷。

他走到山谷边时，看见对面闪过一个白影。他年轻，眼睛尖，看出那形状是一只大鹿和一只带斑点的小鹿，他们正好奇地盯着他看呢。虽说他是在追捕他们，他却一点儿也不觉得吃惊。他张着嘴盯着他们。鹿妈妈转过身，竖起表示危险的旗子——她的白尾巴，轻盈地跃走了，后面跟着小的，他们轻轻松松地跳过矮树干，遇上悬在半空中的木桩，他们就弯下身子穿过去，轻便得像只猫。

他再也没得着机会向他们开枪，尽管他不止一次地看见同样的两道足印——或者说他认为是一样的。由于某些永远也说不清楚的原

因，后来随着林子里的空地不断向四周扩展，在这片绵延不绝的森林里，鹿变得越发少见了。

他再也没见过他们俩在一起，他见过鹿妈妈一次——他认为就是那只——她正在搜索那片树林，把鼻子贴在地上寻找蛛丝马迹。她焦虑不安的，显然是在找什么。索记起科尼告诉过他的小把戏，他轻轻地俯下身，拿起一片宽草叶，夹在两个拇指中间，透过这个简易的哨子发出一种短促、尖厉的咩咩声，恰似小鹿要妈妈的叫声。那只鹿，尽管离了老远，还是朝着他跳过来。

他抓过枪，想杀她，可是他的动作吸引了她。她停住了，鬃毛稍稍立了起来；她嗅了嗅，询问似的看着他。她柔和的大眼睛打动了他的心，拦住了他的手。她小心翼翼地向前进了一步，好好儿地闻了闻她的死敌，不等他的怜惜之情消逝就跳到一棵大树后面跑了。"可怜的东西，"索说，"我想她是把小家伙给丢了。"

可这个男孩又在林子里碰见一只小猞猁。见到那只孤独的母鹿半小时后，他翻过那道位于木屋背面几英里外的长长的山梁。他已经过了那片有棵大椴树的空地，这时一只短尾巴的大猫咪出现了，天真无邪地看着他。他的枪抬了起来，像往常一样，可那只猫咪只是把头歪向一边，肆无忌惮地打量他。接着，又一只他先前没注意到的猫咪与第一只玩起来，他用爪子抓他兄弟的尾巴，招惹他一起打闹。

索看着他们蹦蹦跳跳，断了当初要开枪的念头，不过他又想起与他们这个物种之间的积怨来。正要举枪的当儿，身边响起一阵猛烈的

咕噜声，他吃了一惊，在那儿，离他不足十英尺的地方，立着那个老家伙，看起来像只结实凶猛的母老虎。现在对着小崽子们开枪绝对是犯傻。

吼声一会儿高一会儿低的，男孩慌忙把大号铅弹丢进弹夹，上好火，可是他还没做好准备开枪，那老家伙就把脚边的什么东西叼了起来。男孩瞥见那是团带白斑点的艳棕色的东西——样子软绵绵的，是只刚被杀死的小鹿。随后她就跑得不见了，小崽子们跟着。此后，在他们最终相互扯平之前，他都没有再见过她。

四、林中的恐怖

六个星期过去了，每天都是老一套。一天，这个大块头的年轻人四处走动时显得异常安静，他英俊的脸庞十分严肃，那天早上他啥歌也没唱。

他和索睡在主屋一角的干草铺上，那天夜里男孩醒了不止一次，听见同伴在睡梦里呻吟、翻身。早上科尼和往常一样起床喂马，但是在姊妹们吃早饭时他又躺下了。他费力地起来出去干活，却早早地就回了家。他从头到脚全身打战。正是炎热的夏天，他却没法让自己暖和。几小时后，科尼发起了高烧。现在一家人全都明白了，他得了这片野林里人人害怕的寒热病。玛格特出去采了一兜梅竺草来泡茶，催科尼喝。

草药汤全喝了，该护理的也护理了，年轻人的情况却越来越糟。

快满十天的时候，他掉了不少肉，也不能干活，病中间一般有几天好一些，于是在一个"好日子"里他说："我说，姑娘们，我受不了了。兴许我该回家。今个儿我好多了，能赶马车，也就是一会儿。不行了我就躺在车里，马儿会把我带回家。妈妈会让我在一周左右复原。你们要是在我回来之前断了粮，就划小划子去艾勒敦家。"

于是，姑娘们套上马，给马车里装了些干草。科尼身子发虚，脸色煞白，赶着车走了。路坑坑洼洼的，很长。剩下的他们，感觉像是在荒岛上，而唯一的一只船也被拿走了。

几乎还不到半个星期，玛格特、露和索三个人全都病倒了，他们的寒热病更加要命。科尼之前每隔一天就有一个"好日子"，可是他们仨根本没有"好日子"，这个家成了个苦水潭。

七天过去了，如今玛格特卧床不起，露几乎出不了门。她胆子大，一肚子稀奇古怪的笑话，着实为他们所有人鼓了不少劲儿。不过，看着她那张病恹恹、惨兮兮的脸说出她最可乐的笑话，让人心里不是个滋味。索虽说身子虚弱，生着病，却是三个人中身体最好的，还替其他人做事，他每天做一顿简单的饭端给大家吃。他们都吃得很少，这或许倒是件好事，因为只有一点点吃的。又一个星期过了，科尼还没有回来。不久只有索能够站起来了，一天早上他拖着身子，像往常一样去切那一小片他们当宝贝似的腌猪肉，却发现一整块肉都不见了，心里不由得发毛。为了不招苍蝇，肉就放在房子阴面的那个小盒子里，无疑是被什么野物给偷了。这下他们只剩下面粉

和茶叶了。

绝望中，他看见马厩旁边的那群鸡，眼睛一亮，可是有啥用呢？他这虚弱样儿，不如干脆去逮只鹿或是捉只鹰算了。他猛地记起自己有支枪，很快他就在收拾一只肥母鸡，准备下锅。他把鸡整只煮了，因为这种做法最省事。那锅汤第一次让他们有了食欲，他们好一阵儿没打过牙祭了。

靠着那只鸡，他们熬过了三个苦日子。鸡吃完了，索又取下枪——现在枪好像沉多了。他爬到牲口棚，身子弱，站不稳，放了好几枪才打死一只鸡。科尼已经把步枪带走了，现在只剩下三弹夹的火药。

索吃惊地看到母鸡现在少得不成样了，只剩下三四只，过去有十多只呢。三天后他又来了次突袭，他只看见一只母鸡，为了打这只母鸡用光了最后一点儿火药。

现在，他每天的作息单调得可怕。早上是他的"好时候"，他为全家人做一点点饭，在每张铺床头的木块上放一桶水，为夜里兴风作浪的高烧做好准备。病情规律得叫人害怕，一点左右，低热就来了，从头到脚浑身打战，牙齿碰得咯咯响，冷啊冷，从里到外。任啥也带不来一丝暖气——火好像失去了作用。没有办法，只能躺着打战，忍受着所有漫长的折磨：冻得要命，抖得散了架，这将持续六个小时。更加折磨人的是，自始至终恶心都在帮着作怪。然后在傍晚大约七八点钟时又变了，火烧火燎似的高烧来了，那时对于他，冰好像也不够凉。水——他只想要水，喝呀，喝呀，一直到凌晨三四点，烧才退去，这时人已被折腾乏了，就睡上一觉。

"你们要是在我回来之前断了粮，就划小划子去艾勒敦家。"兄弟最后留下了这么句话。可是谁来划小划子呢？

再把那半只鸡吃掉，他们就要饿肚子了，可还是不见科尼的影儿。

那一套要命的程序拖了三个星期，漫长得熬不到头儿。每天都一样，只会越来越糟，因为受罪的人儿越来越虚弱了——再过几天男孩也下不了地了。接下来咋办呢？绝望压着这个家，每个人都在心里喊："噢，天哪！科尼永远也不来了吗？"

五、男孩的家

剩最后一点儿鸡肉的那天，索整个早上都在提水，为了他们仨对付即将到来的高烧，水要够用才行。低热对他的攻击提前了，他的高烧比以前更厉害了。

他不时地从床头的水桶里舀水喝，一口气喝掉许多。之前他把水桶装得满满的，凌晨两点左右桶几乎空了，这时烧退了，他也睡着了。

天亮了，灰蒙蒙的，他被不远处的一种古怪的声音惊醒了——扑扑拉拉的拍水声。他扭头一看，离他的脸不到一英尺远，有两只亮闪闪的眼睛——一只巨兽正在从他床边的桶里舔水喝。

索心里怕得很，他盯着看了一会儿，又闭上眼睛，确信自己是在做梦，肯定是自己做了场噩梦，在梦里印度虎突然出现在了床边。但是，舔水声还在响着。他抬眼看，对，她还在那儿。他试着想出声，却只是咯咯了两声。

那个毛茸茸的脑袋甩了甩，闪亮的眼球下面鼻子吸了吸，这个生灵，跳下来前脚着地，从桌子底下穿过了木屋。索这阵儿彻底醒了，他用胳膊肘撑着慢慢地站起来，有气无力地喊"嘘——嘘"，引得那双亮闪闪的眼睛又从桌底下钻出来，那个灰影儿凑了过来。她静悄悄地走过地面，在最矮的那根木桩下滑着，到原先用来放土豆的窖口那儿消失了。是啥东西呢？

这个病男孩看出了一点儿眉目——那是种食肉的猛兽，没错。他完全蒙了。他怕得发抖，觉得很无助。那一晚他睡一会儿又突然惊醒，在暗处一遍遍地搜索那双吓人的眼睛和那一大块滑动的灰影儿。早上他闹不清那是否只是自己的胡思乱想，不过他还是颤巍巍地去拿柴草盖住那个旧窖口。

他们仨没有胃口，即使那样他们还得忍着少吃，因为现在他们只剩一块鸡肉了，科尼显然以为他们已经去了艾勒敦家，粮食也都有了。

又一天夜里，烧退了，索又乏又困，屋子里一阵儿哐当哐当啃骨头的声音把他吵醒了。他四处看，见小窗户那儿影影绰绰地印出一只大动物站在桌上的样子。索大喊，他试着拿靴子砸这个入侵者。她轻飘飘地落在地上，从那个洞钻了出去，洞口大敞着。

这次可不是梦，他明白，女人们也明白，她们不只是听到了这只活物的声音，连那块鸡肉，他们最后的一点儿口粮也没了。

可怜的索那天几乎没下床。病女人们气哼哼的埋怨声逼得他不得不动弹。在泉水下游，他找到了几个浆果，和其他人分着吃了。和平时一样，他为低热和干渴做准备，但加了一项——他在床边放了一把旧鱼叉，这是他能找到的唯一一样武器，现在枪是没用了。他还放了一支松根蜡烛和一些火柴。他知道那只兽又快来了——这最自然不过了，她找不到吃的，饿着肚子。他想，那她就吃躺在那儿、无援无助的活猎物呗。他想起了那只棕色小鹿软绵绵的身子被这同一张残忍的嘴叼走的样子。

他重新用柴草把洞口盖住，筑了个护台。那晚和往常一样，只是没有猛兽登门。他们那天的口粮是面粉和水，为了做饭，索只好用了一些堵洞口的柴草。露说了些不怎么好笑的笑话，料想自己现在身子轻得能飞起来，就试着起身，可是刚到床边就不行了。索又做了同样的准备，熬过了那一晚。可一大清早索又被床边恼人的拍水声惊醒了，像上次一样，还是那对亮闪闪的眼球、那只大脑袋和在从窗户外透进来的微弱曙光映衬下的那个灰影儿。

索使出全身的劲儿想大喊一声，却只是轻轻地哼了一下。他慢慢地起身，大叫："露，玛格特！猞猁！猞猁又来了！"

"愿主保佑呢，我们拿她没辙儿。"传来答话声。

"嘘!"索又试着赶这只兽走。她跳上床边的桌子,立起身冲着不起作用的猎枪吼叫。索想她会跳穿玻璃,因为她对着窗户站了一会儿,可是她转过身,瞪着男孩,他看见那对眼睛亮闪闪的。他慢慢起身走到床边,求神帮助,因为他觉得不是猞猁死,就是他亡。他划一根火柴,点燃他的松根蜡烛,拿在左手中,右手握着那把旧鱼叉,打算和她斗上一番,可他太虚了,只好拿鱼叉当拐杖。

那只巨兽站在桌上不动,身子微蹲,像是要一跃而起。烛光下她的眼睛闪出红光。她的短尾巴左右甩着,叫声更尖了。索膝盖磕在了一起,但他还是握平鱼叉,有气无力地向那个野东西刺去。就在那时,她跳了起来,并没有冲着他过来,不像他料想的那样。也许火光和男孩那副拼命的样子起了作用,她跳过他的头顶,落在远处的地上,马上溜到床底下去了。

胜利只是暂时的。索把蜡烛搁在木屋的壁架上,然后双手握叉。他在搏自己的命,他明白。他听到女人们低低的祷告声。他只看见床下那双眼睛闪着光,听见那叫声越来越尖,那兽就要行动了。他费了好大的劲儿才稳住自己,用尽全身的力气将鱼叉刺了出去。

鱼叉击中了某样比木头软一些的东西,传出一声惨叫。男孩将全身压在这件武器上,那兽挣扎着要扑他,他感到她的齿儿和爪儿在把上磨得嘎吱嘎吱地响。她渐渐挨近了,她的胳膊和爪儿很有劲儿,正向他伸过来,他顶不了多长时间。他用上了所有的劲儿。那兽身子晃了晃,叫了一声,一下子就垮了,服了软。朽了的旧鱼叉头断了,那兽跳了起来，冲着他跃了过去，但没碰着他，而是穿过洞口走了，此后再也没出现过。

索倒在床上，没了知觉。他不知在那儿躺了多久，大白天里才醒过来，听见有人在兴冲冲地大喊："嘿！嘿！你们全死了吗？露！索！玛格特！"他没力气答应，只听外面传来一阵马蹄声和重重的脚步声。门硬是给推开了。科尼大步跨进来，英俊热忱一如既往。可一踏进这个悄无声息的小屋，你瞧他脸上闪过的那副恐怖和痛苦样儿！

"死了？"他失声喊道，"谁死了？人呢？索？"接着又道："是谁？露？玛格特？"

"科尼——科尼——"铺那儿传来有气无力的声音，"她们在那儿，她们病得不轻。我们没吃的了。"

"哎，我真够傻的！"科尼一遍遍地说，"我满以为你们去了艾勒敦家，啥都有了。"

"我们没逮着机会，科尼。你刚走，我们仨就倒下了。接着猞猁来了，吃光了鸡，连屋子里的吃的也一点儿没剩。"

"好啦，你和她扯平了。"科尼边说边指着那道穿过泥乎乎的地面一直拖到外面木桩下面的血印子。

吃得好，护理得好，又有好药，他们全都康复了。

一两个月之后，女人们想要一个新的过滤桶，索说："我知道有个地方有棵空心的椴树，树干有大个的啤酒桶那么粗。"他和科尼去了那儿，把要用的那一截往下切时，在最里面发现了两只小猞

90

狸和猞猁妈妈风干了的尸体，在老猞猁的一侧身体里是那根与柄断开的鱼叉头。

（祁和平　译）

阅读链接

活了一百年的动物英雄 ——沈石溪

　　欧·汤·西顿是第一个把动物当作英雄来描写和赞美的作家。他最著名的一本动物小说集书名就叫《动物英雄》。

　　何谓英雄？欧·汤·西顿自己是这样解释的：英雄是一种有着非凡天赋和成就的个体。不论人类还是动物，这个定义都同样适用。也正是这样的故事才对读者具有极大的吸引力。

　　《男孩与猞猁》就选自《动物英雄》这本书。讲述一个在城里长大的十五岁男孩，因为大病初愈，被送到乡下一个景色优美、空气新鲜的农庄去休养。附近生活着一只带着两个幼崽的母猞猁，那年闹兔瘟，猞猁的主食——兔子没有了，为了养活两只小猞猁，母猞猁不得不去偷窃农庄的鸡。也就在这个时候，男孩的生活陷入了窘境。表哥因患疟疾去外地治疗，男孩和两位表姐留守农庄，不幸也染上疟疾。食物都吃完了，连他们赖以活命的几只鸡，也正遭到母猞猁捕杀。人与猞猁都想活下去，生死争斗在所难免。最后，男孩拖着虚弱的病体，用一把鱼叉，与母猞猁进行了一场惊心动魄的殊死搏杀。

《动物英雄》当年出版时，欧·汤·西顿写过一篇前言《告读者》，其中说道：本卷故事中的每一个英雄，尽管或多或少有创作想象的成分，但却都是基于现实生活中的某个动物英雄的实际经历来完成的。他特别强调："'猞猁'则基于我自己早年在蛮荒林区的一些经历。"

我们有理由相信，《男孩与猞猁》这篇动物小说中的那位名叫索的男孩，就是青少年时期的欧·汤·西顿，索的故事正是作者自己的真实生活经历。

这篇小说与作者另外几篇著名的动物小说如《狼王洛波》《小战马》等相比，故事情节或许没有那么曲折精彩，读起来似乎更像一篇自传体散文，但文笔流畅，情感真实，生动有趣，刻画了一个面临危险勇于担当的小男子汉形象。这篇作品已经有一百年历史了，某种意义上说，算是一件"古董"了，但文学作品与其他物件不一样，优秀的文学作品，具有一种跨越时空的艺术魅力，历久而弥新。今天的读者，仍能从小说里读到许多新鲜而有益的感受，获得精神养分。尤其对如今生活在城市里的青少年读者来说，更有现实意义。这些青少年，在高楼林立的城市生活，其实就是生活在钢筋水泥的森林里，与真实的大自然几乎是隔绝的，别说不认识猞猁，连活的水牛也未必见过。虚拟的网络世界，替代了现实世界。网络游戏，替代了真实的大自然冒险生活。阴盛阳衰，许多小男孩身上缺少一种刚毅果敢、敢于冒险、勇于担当的男子汉气质。我们的物质生活越来越富裕，我们的精神生活却越来越苍白。长此下去，必然种气衰微，给人类的生存发展带来极大隐患。我们比任何时候都需要硬汉子气质。大自然才是培养真正男子汉最好的学校。如果我们有机会走进大自然，到森林露营，到草原骑马，登山览胜，下水捉鱼，感受生命灵性，探索大自然奥秘，当然非常好，对身心健康成长必定大有裨益；但如果受条件限制，一时还不能去大自然锻炼体魄、陶冶性情，那么，阅读大自然文学和动物小说，也不失为一种有效的补救方法。阅读像《男孩与猞猁》这样优秀的动物小说，其实也是为你打开了通向神奇大自然的心灵门窗，让你的精神世界变得丰富多彩，让你的心灵多了一种阳刚之气。

白毛狮子狗

[俄罗斯] 库普林

一

一个走江湖的小杂耍班子，沿着克里米亚南岸狭窄的小径，从一个别墅区走向另一个别墅区。白毛狮子狗阿尔多照例跑在前面，歪吐着粉红色的长舌头，白毛剪得像狮子一般。它一跑到十字路口便停下来，摇摆着尾巴询问般地向后张望。阿尔多根据只有它才能辨识的标记，总能准确无误地认出路来，并快活地扇动着毛茸茸的耳朵向前奔跑。跟在它后面的是十二岁的小男孩谢尔盖。他左胳膊夹着一卷表演杂技用的毯子，右手提着一个狭小的脏鸟笼，鸟笼里装着一只金翅雀。这只金翅雀能从匣子里衔出各色纸片，替前来起课的人卜凶吉。勉强跟在他们后面的是杂耍班子里最老的成员马丁·洛德日金老爹，他佝偻的背上背着一架手摇风琴。

手摇风琴已经老掉牙，摇起来声音嘶哑，像人咳嗽。它自出世以来已经修补过几十次了，现在只能演奏两支曲子：劳涅尔的忧郁的德国圆舞曲和《中国旅行曲》中的加洛普舞曲。这两支曲子三四十年前很流行，现在已完全被人遗忘。此外，手摇风琴里的两只喇叭都变了音。高音喇叭根本不响了，已经无法使用，每当轮到它出声的时候，音乐就结巴起来，仿佛一瘸一拐似的。低音喇叭的键子按下去起不来：只要一响，就老发同一个低音，把别的音都压下去，扰乱了，直到它突然不想出声为止。老爹也知道自己的手摇风琴的这些缺点，有时带着几分忧伤开玩笑说：

"有啥法子？风琴太老啦……受寒啦……一演奏，别墅里的人就来气：'呸，难听死了！'可都是流行的好曲子，只是如今的老爷们对咱们的音乐一点都不欣赏了。现在就配给他们演奏《艺妓》《在双头鹰下》和《卖鸟人》中的圆舞曲。还都是这两只喇叭闹的……我把

风琴送到工匠那儿修理，可他不收。他说：'该换新喇叭啦，最好把你这架没用的废物卖给博物馆吧……当作古董卖了吧……'唉，算了吧！它把咱们养活到了今天，谢尔盖，老天保佑，它还能养活咱们一阵子呢。"

马丁·洛德日金爱自己的手摇风琴就像爱身边的活物，甚至就像爱自己的亲人一样。在长年艰苦的流浪中，他使惯了它，终于觉得它有了灵气，几乎有了意识。有时，在肮脏的车马店住宿，放在老爹枕旁地板上的手摇风琴，夜间突然发出一声微弱而颤抖的声音，声音是那么悲凉，孤单，仿佛老人的一声叹息。那时洛德日金便轻轻抚摸它那刻有花纹的琴帮，亲切地低语道；

"兄弟，怎么啦？抱怨啦？你还是忍耐点吧……"

他爱长年在一起漂泊的两个小伙伴——狮子狗阿尔多和小男孩谢尔盖，如同爱手摇风琴一样，也许还要爱得更深些。小男孩是他五年前从一个死了老婆的鞋匠那里"租来的"，讲好每月付给鞋匠两个卢布。但鞋匠很快就死了，于是谢尔盖的心连同每日的温饱便同老爹永远联结在一起了。

二

一条小径沿着陡峭的海岸，蜿蜒在百年的橄榄林的浓荫之间。大海有时在树林间闪现，它仿佛流向远方，同时又向上涌起，就像一堵静止的坚固围墙，在花纹般的树隙当中，在银绿色的树叶之间，显得更加湛蓝，更加浓艳。草丛里，石枣树和野玫瑰的密枝间，葡萄藤和橄榄树上，到处响起一片蝉鸣。它们嘹亮、单调和不知疲倦的鸣声振得空气都颤抖了。天气闷热，没有一丝风，晒得滚热的土地烫人脚掌。

谢尔盖通常走在老爹前面，止住脚步，等待老人走到身旁来。

"你怎么啦，谢廖扎？"风琴手问道。

"洛德日金老爹，热死啦，简直受不了啦！要能洗个澡就好了……"

老人一边走一边习惯地耸肩膀，把手摇风琴背好，用袖口擦干脸上的汗。

"那当然好！"他喘了一口气，贪婪地望了望脚下蔚蓝凉爽的海水，"可洗完澡就更没劲儿了。有个熟医官对我说过，盐对人就起这种作用……也就是说，海水里的盐也会使人浑身没劲儿……"

"要是他瞎说呢？"谢尔盖表示怀疑。

"怎么会瞎说呢！他干吗要瞎说？人家是体面人，不喝酒……在塞瓦斯托波尔有一所房子。再说从这儿也下不到海边哪。到米斯霍尔再说，到那儿咱们再洗洗有罪的身子吧。午饭前洗个澡才来劲儿呢……然后再睡他一小觉……那才妙呢……"

阿尔多听见身后主人们说话，便掉头跑到他们身边来。它那双和善的蓝眼睛热得眯缝起来，讨好地望着主人们，伸出的长舌头由于喘气太快而微微颤抖。

"怎么啦，小狗？热坏了吧？"老爹问道。

小狗使劲打了个哈欠，把舌头卷得像只小喇叭，全身颤动起来，尖叫了一声。

"得啦，小家伙，没法子呀……常言道，谋食不易啊。"洛德日金继续教诲道，"对你来说，应该说觅食不易……不过都一样……得啦，走吧，往前走吧，别在脚底下打转了……可我呀，谢廖扎，老实说，就喜欢这种暖和天气。就是风琴是个累赘，要是不摇它挣钱，找个阴凉往草地上肚子朝上一躺，躺他一会儿，对我们这把老骨头来说太阳比什么都强。"

小径同白得耀眼的硬实而宽阔的大道汇合后，便向下伸延。下面便是伯爵的古老的花园了。一座座漂亮的住宅，花圃、暖房和喷泉分别坐落在花园的绿荫中。洛德日金对这些地方很熟悉。每年到了收葡萄季节，整个克里米亚到处都是打扮得漂漂亮亮的富裕而快活的人，那时他便挨个走遍这些地方。绚丽的南国风光并未打动老人，但很多地方却使初次到这儿来的谢尔盖欣喜异常。披挂着坚硬的叶子，像上过漆一样闪闪发光，开放着一个个大盘子似的白花的木兰；四周爬满葡萄藤，藤上垂挂着一串串沉甸甸的葡萄的凉亭；树皮浅淡，树冠宛如华盖的多年的法国大梧桐树；烟草种植园、小溪和瀑布；到处——不论花坛上，篱笆上或别墅的院墙上——盛开着艳丽芬芳的玫瑰；而所有这些生机盎然的美景都不停地激动着小男孩天真的心灵。他不停地诉说心中的喜悦，并一个劲地拽老人的衣袖。

"洛德日金老爹，老爹，你瞧，喷水池子里还有金鱼呢！真的，老爹，是金鱼，我要说谎马上就死在你眼前。"小男孩喊道，脸贴着花园周围的栅栏，大喷水池就在花园当中，"老爹，那儿是桃树！你瞧一棵树上结了多少桃子啊。"

"走吧，走吧，傻孩子，干吗张着大嘴！"老人跟他开玩笑，推他快走，"待会儿咱们就到新俄罗斯克城了，就是说，还要往南走。那儿才真是好地方呢——有的是好看的。你马上就能看见索契、阿德列尔、图阿普谢，而到了那边，孩子，你将看到苏呼米、巴统……眼睛都会看斜的……就拿棕榈树来说吧，奇怪极了，树干毛茸茸的，就像毡子做的一样，每片树叶大得都盖得下咱们俩。"

"真的？"谢尔盖惊喜地问。

"过一会儿你自己就看见了。那儿什么没有？橘子……就拿柠檬来说吧，你大概在商店里见过吧？"

"嗯？"

"简直像长在空气里，什么也没有，直接长在树上，就跟咱们那儿的苹果和梨一样……那儿的人哪，孩子，古怪极了，什么人都有：土耳其人、波斯人、契尔克斯人，都穿长袍佩短剑，都是不要命的人！有时那儿，孩子，还有埃塞俄比亚人。我在巴统见过他们不少次。"

"埃塞俄比亚人？我知道，那是长犄角的人。"谢尔盖蛮有把握地说。

"犄角他们倒不长，那是别人瞎说。但他们像靴子一样黑，黑得冒亮光。可他们的嘴唇又红又厚，大眼睛是白色的，头发卷着，像黑山羊毛一样。"

"那些埃塞俄比亚人怪可怕的吧？"

"怎么跟你说呢？没看惯的时候确实有点可怕，后来看见别人不怕他们，自己的胆子也就大了。孩子，那儿什么都有，咱们一到那儿你就看见了。只有一点不好——容易发疟子。因为周围都是沼泽、烂泥，并且还热得要命。对当地人没关系，对他们没事儿，可外地人就倒霉了。可我说谢尔盖，咱们磨够牙了。钻进栅栏门去。这座别墅的主人可好啦，你听我的准没错！"

可这一天他们很不走运。这一家老远看见他们就把他们赶开了；另一家一听见手摇风琴的沙哑难听的"鼻音"，便连忙厌恶地从阳台上朝他们摆手；第三家的仆人干脆说："老爷们还没到呢。"一两家别墅倒给他们表演的钱了，不过少得可怜。好在老爹对给多少钱都不在乎。他们走出篱笆，来到大路上，老爹满意地拍拍口袋里的铜币，拍得铜币叮当响，和善地说：

"二加五等于七，总共七个戈比……不管怎么说吧，谢廖任卡，这是钱哪。挣七次七戈比，瞧，也就是半卢布了，这么说，咱们三个挨不着饿了，晚上也有地方住了，还能满足洛德日金老头的嗜好，喝杯酒治治病了……唉，老爷们不懂得这个道理！给二十个戈比心疼，五个戈比又拿不出手……就只好打发咱们走了。可你给三戈比也行

啊……我不见怪，我没什么……干吗要见怪呢？"

洛德日金天性谦和，就是赶他他也不抱怨。可今天一位漂亮的胖太太气得他再也不能像平时那样平和了。这位看样子非常善良的太太是一座漂亮花园别墅的女主人。她仔细听音乐，更仔细看谢尔盖的杂技表演和阿尔多耍的逗乐的"玩意儿"。他们表演完毕后，她还详细盘问了小男孩半天，问他几岁了，叫什么名字，在哪儿学的杂技，老头是他什么人，他父母是干什么的，等等。后来吩咐他们等着，便进屋了。

过了十分钟她还没出来，又过了一刻钟还没出来。等的时间越长，艺人们模糊而诱人的希望越增强。老爹怕人听见，用手掌像盾牌似的挡住嘴，低声对小男孩说：

"我说，谢尔盖，咱们走运了，你只要听我的话就行；孩子，我什么都知道。说不定她会赏你件衣裳或一双鞋呢。准没错儿！"

太太终于回到阳台上，从上面朝谢尔盖伸出的帽子里扔了一枚白色的小硬币，扔完马上就回屋了。硬币原来是一枚两面都磨损了的十戈比的旧白铜币，上面满是窟窿眼。老爹困惑不解地看了半天铜币。他已经走上大道，离别墅很远了，手里还托着这枚铜币，仿佛在掂它的分量。

"哼……可真行！"他说，突然止住脚步，"我敢说……可咱们这三个傻瓜还真卖了劲。她还不如给个扣子呢，起码还能钉在衣服上。我要这破玩意儿干什么？太太可能想，老头天黑的时候可以用它蒙别人，就是说悄悄花掉。不，夫人，您完全想错了……洛德日金老头不干这种缺德事儿。告诉您吧！还您这值钱的铜币！还您！"

于是他恼怒而骄傲地把铜币扔出去，铜币落在大道上轻轻响了一声就埋进尘土里。

老人带着小男孩和狮子狗挨家走遍了别墅区，准备下山到海边去了。还剩下左边最后的一家别墅没去。从白色高围墙外面看不见里面的房子，围墙上露出密密的一排落满尘土的柏树，像一排灰黑色的长纱锤。只有透过铸成花边似的奇异花纹的生铁门的缝隙才能窥见碧丝一般的草坪的一角、圆形的花圃、花园尽头的一条两旁爬满葡萄藤的林荫道。一个园丁站在草坪中间，握着长橡皮管浇玫瑰。他用手指堵住管口，数不清的细水柱在阳光下映出各式各样的彩虹。

老爹打算从门前走过去，但看了一眼大门便犹豫不决地站住了。

"等一下，谢尔盖，"他叫住小男孩，"里面好像有人？真是怪事儿。我多少年从这儿经过，从没见过一个人影儿。喂，孩子，进去吧！"

"'友谊别墅，闲人免进'。"谢尔盖望着工整地刻在门柱上的一行字念道。

"友谊？"老爹问道，他不识字，"对啦！正是这个字眼儿——友谊。咱们一天不顺心，现在可要捞回来了。这一点我像猎狗似的用鼻子嗅出来了。阿尔多，进去，狗崽子！壮着胆子进去，谢廖扎。你听我的准没错儿！"

三

花园小径上匀称地铺了一层沙石，两侧镶着粉红色大贝壳，脚踩上去吱吱响。花圃里，用各色草花拼成的五彩地坛上，长着艳丽的奇花异卉，连空气都被花香熏甜了。喷水池哗啦哗啦喷出清亮的水柱。爬蔓植物像一条条彩带，从悬挂在树木之间的美丽花盆中垂挂下来。庭前大理石柱上安放着两个耀眼的玻璃球，玻璃球里映出两个头朝下的流浪艺人，身子又长又歪，非常可笑。

阳台前有一大片踩得很平的地。谢尔盖在地上铺上毯子，老爹把手摇风琴支在手杖上，便准备摇把手了。这时，他们被突然出现的奇怪场面吸引住了。

一个八九岁的小男孩尖叫着箭似的从屋里飞蹿到阳台上。他穿了件薄海军装，露着胳膊和膝盖，卷成一绺绺的淡黄头发披在肩上。小男孩后面追出六个人来：两个系围裙的女人；一个上年纪的胖仆人，穿着燕尾服，下巴和上唇没有胡须，但却长了一脸花白的长络腮胡子；一个穿蓝格连衣裙的干瘦女郎，鼻子通红；一位面带病容的年轻太太，长得非常漂亮，穿了一件淡蓝色的绲边长袍；最后是一位秃顶的胖先生，穿了一身茧绸西装，戴着一副金丝眼镜。他们都非常惊慌，用手比画着大声说话，甚至互相推搡。一眼就能猜到，他们惊慌的原因是突然蹿到阳台上来的穿水手装的小男孩。

但引起这场慌乱的人还一刻不停地尖叫着，猛地趴在石头地上，但马上又翻过身来，手脚拼命乱打乱踹。大人们在他周围忙成一团。穿燕尾服的老仆人现出一副乞求的样子，两手紧贴着浆过的衬衣，摇着长络腮胡子哀求道：

"小爷子，少爷！尼古拉·阿波隆诺维奇！别让您母亲伤心了，快起来吧……您就行行好，把药吃了吧。药水甜丝丝的，跟糖水一样。请站起来呀……"

系围裙的两个女人拍着手，用惊恐而阿谀的声音喊喊喳喳地说话。红鼻子女郎一面做出悲剧里的手势，一面用极为动人的声音喊着，但她的话一句也听不懂，显然她喊的是外国话。戴金丝眼镜的先生，脑袋一会儿向这边歪，一会儿又向那边歪，他煞有介事地摊开两只手，用男低音开导小男孩。面带病容的漂亮太太痛苦地呻吟着，用薄花边手绢捂住眼睛。

"哎呀，特里利，哎呀，我的天！我的天使，我求求你啦。你听我说，妈妈在求你呢。好了，吃药吧，吃吧。吃了马上就会好的：肚子不疼了，头也不疼了。好了，就为我吃吧，宝贝儿。特里利，你要妈妈给你下跪吗？那你瞧，我给你跪下啦。你要金币吗？我给你一个。两个？五个？特里利，你要活驴吗？要活马吗？大夫，您倒对他说几句话呀！"

"特里利，您听我说，您要像个男子汉。"戴眼镜的胖先生声音浑厚地说。

"哎呀呀……"小男孩哭号着，在阳台上蜷着打滚，两只脚拼命

乱蹬。

小男孩尽管万分激动，可还尽力用鞋后跟踢周围人的肚子和腿，但他们都相当灵活地闪开了。

谢尔盖惊异地看了半天这个场面，轻轻地捅了一下老人的腰。

"洛德日金老爹，他这是怎么啦？"他悄悄问道，"怎么也不揍他一顿？"

"怎么能揍呢。揍一顿……像他这样的人打谁都行。不过是个任性的孩子罢了。也许还有病。"

"疯子？"谢尔盖猜到了。

"我打哪儿知道！小声点！"

"哎呀呀……一群坏东西！一群蠢东西……"小男孩拼命哭号，声音越来越大。

"开始，谢尔盖。我知道该怎么办！"洛德日金突然吩咐道，果断地摇起风琴把手。

花园里响起嘶哑、难听、跑调的古老的加洛普舞曲。阳台上的人都一激灵，就连小男孩也有几分钟没出声。

"哎呀，我的天，他们准会让可怜的特里利更不高兴！"穿淡蓝色长袍的太太带着哭腔喊道，"喂，把他们赶出去，快点赶走！把这只脏狗也连同他们一块赶走。狗身上总带着可怕的病菌。伊万，您干吗像柱子似的傻站着？"

她满脸倦容，用手绢厌恶地向杂耍演员们挥着，干瘦的红鼻子女郎瞪着一双可怕的眼睛，还有人威胁地嘘他们……穿燕尾服的仆人赶快蹑手蹑脚地跑下阳台，露出一脸凶相，使劲叉开两只手，跑到手风琴手跟前。

"这太不像话了！"他压低了惊恐而沙哑的声音训斥道，仿佛长官发火，"谁准许的？谁放你们进来的？出去！滚！"

风琴忧郁地尖叫了一声便不响了。

"善心的老爷，请您听我禀告……"老爹想客气地向他解释。

"少说废话！走开！"穿燕尾服的人喊起来，喉咙里发出吱吱声。

他的胖脸马上涨得通红，眼珠也瞪圆了，仿佛突然蹦出眼眶，像两只小轮子似的转来转去。他的样子如此可怕，老爹不由得倒退了两步。

"谢尔盖，快点收拾，"他说，赶紧背起手摇风琴，"咱们走。"

但他们还没走出十步，阳台上又响起一片震耳的喊叫声。

"哎呀呀，给我！我要！啊——啊！给我叫回来！给我——"

"可是特里利……哎呀，我的天，特里利！哎呀，叫他们回来！"神经质的太太又呻吟起来，"呸，您怎么这么糊涂！伊万，您听见我的话没有？马上给我把两个叫花子叫回来！"

"听着，说你们呢！喂，听见叫你们没有？拉风琴的！回来！"阳台上几个嗓子一齐喊起来。

　　胖仆人像皮球似的一蹦一跳地向往外走的杂耍艺人们追去，连鬓胡子飘向两边。

　　"给我过来！乐师们！给我回来！……回来！"他挥舞着双手，喊得上气不接下气。"老大爷，"他终于抓住老爹的袖口，"掉头！老爷们要看你们的哑剧呢。快点！"

　　"瞧这事儿！"老爹打了个冷战，摇摇头，又回到阳台前。他放下手摇风琴，把它挂在身旁的手杖上，又从刚才打住的地方摇起加洛普舞曲来。

　　阳台上不再忙乱了。夫人带着小男孩和戴金丝眼镜的先生一起走到栏杆跟前。其余的人都恭恭敬敬地站在他们身后。一个围围裙的园丁从花园深处走过来，站在离老爹不远的地方。不知从什么地方钻出一个扫院子的人，他站在园丁身后。这是一个长了一脸胡子的大汉，脸色阴森森的，额头狭窄，脸上长着麻子。他穿了件粉红色新衬衫，衬衫上斜印着豌豆般大小的黑点。

　　谢尔盖在嘶哑的结结巴巴的加洛普舞曲的伴奏下，把毯子铺在地上，麻利地甩掉帆布鞋（鞋是用旧口袋布缝制的，脚后跟最宽的地方印着工厂的四角商标），脱下旧上衣，只穿一身线做紧身衣。紧身衣上尽管打了许多补丁，却恰好裹住他那柔软强健的细身体。他模仿大人，学会了真正杂耍艺人开场的手势。他向毯子跑去的时候，把两只手贴在嘴唇上，然后做了一个戏剧性的动作，把两只手使劲向四方挥去，仿佛向观众致送两个飞吻。

老爹一只手不停地摇风琴，摇出咳嗽似的颤抖的乐曲，另一只手向小男孩扔各种东西，而小男孩便在半空中把东西熟练地抓住。谢尔盖的节目不多，可他都做得像杂耍艺人所说的"干净利索"，并且带劲儿。他把空啤酒瓶往上一抛，让啤酒瓶在空中打几个转，然后用盘子边接住瓶口，一连托几分钟啤酒瓶都掉不下来。他耍四个小骨头球，还有两根蜡烛。他扔起来用烛台同时接住，然后马上又耍三样不同的东西：扇子、木制雪茄烟和雨伞。它们都在空中飞来飞去，不沾地，突然雨伞在他头顶上张开，雪茄烟被他叼在嘴里，扇子撒娇似的扇他的脸。最后谢尔盖在毯子上翻了几个跟头，做了个"叠元宝"，表演了"空中开帕"和拿大顶。他献完了自己的全部"绝招"，又向观众致送了两个飞吻，便大声喘着气走到老爹跟前，准备替他摇风琴。

现在该轮到阿尔多上场了。它自己非常清楚，四只爪子早就激动地朝侧身从绳索后面钻出来的老爹身上扑了，并对他不断急躁地叫着。谁能明白，也许聪明的狮子狗想对人说，依它看，当阴凉地里都有三十二度的时候，表演杂耍不是发昏了吗？可老爹带着狡猾的神情，从背后抽出一根石枣树枝来。"我就知道你会这样！"小狗懊丧地最后叫了一声，便懒洋洋地、不大情愿地用后腿站了起来，一双眨巴的眼睛紧盯着主人。

"阿尔多，站起来！对啦，对啦，对啦……"老人说，把树枝举在狮子狗头上。"翻个跟头。对啦。翻个跟头……再翻一个，再翻一

个……跳个舞，小狗，跳个舞！坐下！怎么啦？不愿意？坐下，我叫你坐下。对，这就对啦！瞧着！现在给尊贵的观众请安！请啊！阿尔多！"洛德日金提高了嗓门威吓着。

"汪！"狮子狗厌恶地叫了一声，然后看了主人一眼，可怜地眨巴着眼睛，又叫了两声："汪，汪！"

"咳，老头不理解我！"从这不满的叫声中可以听出它的意思来。

"这可是另一码事了。礼貌最要紧。好啦，现在跳一跳。"老人继续说，把树枝举得比地高一点，"预备！别吐舌头，小家伙，预备！跳！好极了！再来一次……预备！跳！预备！跳！妙极了，小狗。回家赏你一根胡萝卜吃。可你不吃胡萝卜，我完全忘了。那就叼着我的大礼帽请老爷们赏几个钱吧。老爷们也许会赏你点有滋有味的东西。"

老人拉着狗站起来，把自己那顶油腻的旧便帽塞进小狗嘴里，他把这顶便帽戏称为"大礼帽"。阿尔多叼着帽子，忸忸怩怩地迈着膝盖打弯的两条后腿，走到阳台前。面带病容的太太的手里现出一个镶着珍珠母的小钱包。周围的人都会意地微笑着。

"怎么样？我跟你说什么来着？"老爹低头对着谢尔盖的耳朵激动地说，"孩子，你听我的准没错儿。决下不了一个卢布。"

这时，阳台上不知谁绝望地哭号了一声，声音尖得刺耳，简直不像人的声音，把阿尔多吓了一跳，它一松口，叼着的帽子掉在地上，

一面夹着尾巴一跳一蹦地向主人脚边跑去，一面惊恐地回头张望。

"我要……啊！"卷发小男孩在地上打滚，两腿乱蹬，"给我！我要狗！特里利要狗……"

"哎呀，我的天！哎呀，尼古拉·阿波隆诺维奇！小爷子，少爷！你安静点，特里利，我求求你啦！"阳台上的人又慌乱起来。

"我要狗！我要狗！我要嘛！你们这群废物、恶鬼、笨蛋！"小男孩发脾气了。

"我的天使，别难过！"穿淡蓝色长袍的太太在他头上喃喃地说，"你想摸摸狗？那好吧，好吧，我的心肝，马上就摸。大夫，您看特里利能摸摸这条狗吗？"

"一般来说，我不主张他摸。"医生摊开两只手，"要是确实消过毒，比如用硼酸或淡石炭酸溶液……那还……"

"给我狗！"

"马上就给你，我的心肝，马上就给你！大夫，这样吧，我们吩咐他们用硼酸水把狗洗干净，那时再让……可特里利，别急成这样！老头，请您把狗带到这儿来。用不着害怕，我们会给您钱的。您说说，您的狗没病吧？我想问一声，它不是疯狗吧？它没有绦虫吧？"

"我不想摸它，不想摸！"特里利吼叫着，从他鼻子和嘴里往外冒白沫，"我想要它！蠢货们！恶鬼们！我要狗归我！我要自己跟它玩……玩一辈子！"

"喂，老头，到这儿来，"太太使劲喊起来，想压住小男孩的喊声，"哎呀，特里利，你要把妈妈喊死了。干吗让这两个乐师进来！走近点，再走近点……我跟您说话呢！好了，哎呀，特里利，别难过呀，你要什么妈妈都替你办到。我求求你。密司，您倒让小孩别闹啊……大夫，请您……老头，你要多少钱？"

老爹摘下便帽。他的脸上现出恭敬而可怜的表情。

"看您如何发慈悲了，太太，夫人……我们是下等人，什么样的赏赐我们都感谢，您大概不会欺负我这老头吧……"

"哎呀，您真糊涂！特里利，你的嗓子要喊疼的。您知道，狗是您的，而不是我的。说吧，要多少钱？十卢布？十五卢布？二十卢布？"

"啊！我要！给我狗，给我狗！"小男孩尖叫着，用脚踹仆人的圆肚子。

"您的意思是……对不起，夫人。"洛德日金不知如何说好，"我老了，又是粗人……一下子听不明白……再加上耳朵发背……您的话是什么意思？要买我的狗？"

"哎呀，我的天！您成心装糊涂吧？"太太发火了，"保姆，赶快给特里利点水喝！我说得够清楚的了，我问您这条狗卖多少钱，听明白，您的狗……"

"要狗！要狗！"小男孩喊得比刚才更厉害了。

洛德日金动火了，把便帽往头上一戴。

"夫人，我不是卖狗的，"他冷淡而庄严地说，"这条狗，夫人，可以说养活我们两个人。"他用大拇指指了指背后的谢尔盖，说："它供我们吃，供我们喝，供我们穿。我决不卖它。"

这时特里利又喊起来，声音尖得像火车的汽笛。给他端来一杯水，但他像疯了似的把水泼在家庭教师脸上。

"您听着，不知好歹的老头！世上没有不能卖的东西。"太太不肯罢休，两只手使劲按着太阳穴，"密司，快把脸上的水擦干，给我点偏头痛药膏。您这条狗也许值一百卢布？要么二百卢布？三百卢布？您倒说话呀，呆子！大夫，劳您驾，您跟他说吧！"

"收拾行头，谢尔盖，"洛德日金脸色阴沉地嘟囔道，"呆——子……阿尔多，到这儿来！"

"喂，等一等，伙计，"戴金丝眼镜的先生拉长了粗嗓子说，神气十足，"你最好别装蒜，老乡，这就是我要对你说的。你这条狗最多值十卢布，还得连你也加上……你想想，蠢驴，给你多少钱哪！"

"太感谢您啦，老爷，只不过……"洛德日金大声喘着气，把手摇风琴往背上一背，"只不过我决不卖狗。您到别处另找一条小公狗吧……祝您平安……谢尔盖，你前头走！"

"你有身份证吗？"医生突然吼叫起来，声音吓人，"我知道你们这些坏蛋都是些什么玩意儿。"

"扫院子的！谢苗！把他们轰出去！"太太喊道，脸都气歪了。

穿粉红衬衣的谢苗，脸色阴森，凶狠地向杂耍艺人逼近。阳台上响起一片可怕的喊叫声：特里利拼命叫唤；他的母亲不停地呻吟；

大小保姆哭号着互相数落；医生的粗嗓子嗡嗡响，就像一只发怒的花蜂。但老爹和谢尔盖已无心看这场戏如何收场了。他们紧跟着吓得要命的狮子狗，急忙向大门奔去。扫院子的人跟在他们背后，从后面推了老人一把，正推在手摇风琴上，并用恐吓的声音说：

"穷鬼，叫你们到这儿来闲逛！老东西，没打你个脖儿拐你就该感谢上帝了。再敢来，你记住，我就对你不客气了，揪着你的脖子去见县里警察先生。无赖！"

老人和小男孩一声不响地走了半天，突然，仿佛约好了似的，互相看了一眼，便哈哈大笑起来：先是谢尔盖哈哈大笑，后来洛德日金望着他，多少有点不好意思，也笑起来。

"怎么样，洛德日金老爹，听你的准没错儿？"谢尔盖调皮地揶揄他。

"是啊，孩子，咱们上当啦！"老风琴手摇了摇头，"那小孩子可真奸坏……怎么会把他惯成这样，太岂有此理了。你说说：二十五个人围着他团团转。要是落到我手里，我准用鞭子抽他一顿。他说给他狗。这算怎么回事儿？他要月亮也给他从天上摘下来？上这儿来，阿尔多，上这儿来，我的小狗。唉，今天可过着好日子了。太妙了。"

"这样更好！"谢尔盖继续挖苦他，"一位太太赏了件衣裳，另一位赏了一个卢布。都是你洛德日金老爹事先料到的。"

"你别说了，小无赖！"老人温和地回敬道，"你还记得咱们怎么从院子里跑出来的吗？我当时想赶不上你啦。那个扫院子的真是个厉害的大汉。”

流浪艺人走出花园，沿着陡峭的细沙石路下到海边。这儿的山稍稍向后靠拢，闪出一块狭窄的平地来，地面上布满被海浪冲光滑的砾石。现在大海正温柔地拍打它们，发出哗啦哗啦的冲击声。海豚在离海岸二百俄丈的水中翻滚，一刹那间，把它们那滚圆的脊背露出水面。在海天相接的远方，缎子般的淡蓝色的海面裹着一条深蓝色的天鹅绒飘带；被阳光微微染红的整齐的鱼帆，一动不动地停在海面上。

“咱们就在这儿洗个澡吧，洛德日金老爹。”谢尔盖拿定主意。他一边走一边蹦，先用这只脚，再用另一只脚，没站住就把裤子脱下来了：“我帮你把手摇风琴放下来。”

他飞快地脱下上衣，用手啪啪地拍了拍被阳光晒成巧克力色的身体，便扑进水里，在身体周围激起一层泛着水花的海浪。

老爹不慌不忙地脱衣服。他用手掌遮住太阳，露出疼爱的笑容，眯起眼睛望着谢尔盖。

“小伙子发育得不错。”洛德日金暗道，“别看他瘦——所有的肋骨都看得见，可仍然会长成结实的小伙子。”

“哎，谢廖扎，你可别游得太远，海豚会把你拖走的。”

“那我就抓住它的尾巴！”谢尔盖从远处喊道。

老爹站着晒了半天太阳，摩挲腋下的肌肉。他下水的时候非常小心，身子入水前先鼓起勇气把通红的秃顶和凹陷的两肋撩湿。他的身子是黄的，松软无力；两条腿细得怕人；背上露出刀子似的两块肩胛骨，由于长年背手摇风琴，背被压弯了。

"洛德日金老爹你瞧！"谢尔盖喊道。

谢尔盖翻了个跟头，头从两条腿中间钻过去。水已经到了老爹的腰部，老爹往水里一蹲，发出快活的咯咯声，又担心地喊了一声：

"喂，你别逞能，小脏猪。小心点！不然我可不饶你。"

阿尔多沿岸跑，狂叫着，小男孩游得太远让它不放心了。"干吗逞能呢？"狮子狗激动地在心中说，"有的是陆地，怎么走都行。稳当得多。"

它自己也扑进水里，水没了肚子，它用舌头舔了两三下。但它不喜欢咸水，轻轻冲击岸边细沙的海浪也让它害怕。它跳上岸，又朝谢尔盖叫起来。"干吗要这些愚蠢的把戏？跟老头一起坐在岸边多好。唉，这小男孩让人多操心啊！"

"哎，谢廖扎，真该上岸了，你也游够了！"老人叫他。

"马上就上岸，洛德日金老爹，"小男孩回答道，"你瞧，我游得像只轮船。呜——呜——呜！"

他终于游到岸边，但在穿衣服之前，把阿尔多抱进水里，把它往海里远远地一扔。狗马上往岸上游，只露出个脑袋，耳朵竖在水面上，委屈地用鼻子大声喷气。它跳上岸后，使劲抖身上的毛，溅了老人和谢尔盖一身水点。

"先别闹，谢廖扎，好像有人找咱们来了。"洛德日金说，眼睛盯着山上。

一刻钟以前把流浪艺人赶出别墅的那个穿黑点粉衬衫的脸色阴森的扫院子的人，沿着小径快步走下山来，挥动着两只手，嘴里不知在喊什么。

"他来干什么？"老爹疑惑地问。

四

扫院子的人继续喊叫，磕磕绊绊地往山下跑，袖子在空中飘扬，衬衫的胸口吹得鼓鼓的，像船帆一样。

"喂！等一等啊！……"

"真该把你浸湿，叫你永远也干不了。"洛德日金气恼地叨唠道，"他准是为阿尔多什卡来的。"

"老爹，咱们揍他一顿！"谢尔盖大胆提议道。

"滚你的吧，别再来缠我……他们要干什么呀，老天爷……"

"你们听着……"扫院子的人从老远喘着气喊道，"到底卖不卖狗？唉，少爷怎么哄也哄不好，嚎得像只牛犊：'给我狗，给我狗……'夫人打发我来找你们，她说不管出多少钱都买。"

"你们的夫人可真蠢！"洛德日金突然动火了，他在海滩上比在别墅里胆子大得多，"话说回来，她算我什么夫人？对你来说她也许是夫人，可她对我算老几啊，我才不听她的呢……请你给我走开……您行行好吧……不然我可就那个了……别缠着我。"

可扫院子的人并不罢休。他坐在老人身旁的石头上，笨拙地用手指指点点着说：

"你要放明白点，傻瓜……"

"我听傻瓜说话呢。"老爹平静地打断他的话。

"你别急，我可不是为……你真能挑刺儿……你想想，你要这条狗有什么用？再找一只狗崽，照样能教会它用后脚跟站立，那你不是又有狗了吗？你说呢？我说的对不对？啊？"

老爹仔细系好裤带，对扫院子的人的固执问题故意回答得很冷淡：

"再往下说……我一会儿一总回答你。"

"那好，伙计，我就直接说数目了！"扫院子的人急躁起来，"两百卢布，不行就三百卢布，一次付清。按理说，对我也该有点表示吧……你想想：三百卢布！拿这笔钱马上就可以开个杂货铺……"

扫院子的人说着说着从口袋里掏出一段香肠，扔给狮子狗。阿尔多跳起来在空中接住香肠，一口吞进肚子里，讨好地摇起尾巴来。

"说完了？"洛德日金只简单问了一句。

"这还有什么可啰唆的呢。你给我狗——再拍个巴掌就完了。"

"这样，"老爹拖长声音嘲弄地说，"就把狗卖了？"

"当然卖了。您还要什么？就是因为我们这位少爷是疯子。他想要什么，一定闹得全家鸡犬不宁。'给我——'说要就得马上给他。这还是他父亲不在家的时候，父亲在身边的时候……我的老天爷呀！

全家都得头朝下脚朝天了。我们的老爷是位工程师，您也许听说过奥博利亚尼诺夫先生？他到全国各地修铁路。百万富翁！可只有一个男孩子。淘气极了。要一匹活的小矮马，就给他一匹小矮马。要船，就给他一条真船。要什么给什么……"

"要月亮呢？"

"你这话是什么意思？"

"我是说他一次也没要过天上的月亮吗？"

"你可真会说——要月亮！"扫院子的人感到难堪了，"咱们说定了吧，老哥，对不对？"

这时老爹费劲地穿上衣缝发绿的褐色上衣，尽量骄傲地把驼背挺直。

"小伙子，我有句话要对你说，"他多少有点得意地说，"打个比方说吧，你有个兄弟，或者从小结识的朋友……你先别这样，伙计，别拿香肠白喂狗了……不如自己吃了好……你用香肠收买不了它。我是说，如果你有个从小最最忠实的朋友，那你要多少钱卖他？"

"你怎么能这么比呢？"

"我就要这样比。你就这样对你那修铁路的老爷说，"老爹提高了嗓子，"你就这样说：'不是想买什么别人就卖什么。'一点不错！你最好别摸狗，这没用！阿尔多，到这儿来，狗崽子，我看你敢！谢尔盖，收拾东西。"

"你这个老傻瓜。"扫院子的人再也忍不住了。

"傻瓜,不错,生来就是傻瓜,可你是下流胚,犹大,没有心的人。"洛德日金骂出口来,"你回去见到将军夫人时,向她请安,告诉她我们满怀敬意向她深深鞠躬。谢尔盖,把毯子卷起来。哎呀,背疼啊,我的背啊!咱们走吧。"

"这事就吹了?"扫院子的人拖长声音意味深长地说。

"这事就吹了!"老人毫不示弱地回答道。

杂耍艺人沿着海边慢慢向前走去,又顺着来时的小径往山上爬。谢尔盖偶一回头,看见扫院子的人在后面跟着他们。他哭丧着脸,一副心事重重的样子。他张开五指,伸进滑到眼睛上的帽子底下,一个劲地抓长着蓬乱棕发的后脑勺。

五

洛德日金老爹早就看中米斯霍尔和阿卢普卡当中的一个小角落,它就在快下到山脚下的地方。在那儿舒舒服服地吃一顿早饭多美。他把自己的两个伙伴带到那里。一座小桥横跨湍急而浑浊的山溪。离小桥不远的地方,在弯曲的柞树和榛子树的树荫上,从地下冒出一股汩汩的清泉。泉水在地上冲出一片浅浅的圆水塘,又从水塘中闪闪发光地穿过草地,流入山溪,宛如一条纯银的小蛇。在这眼泉水旁边,早晚总能遇见饮水或祈祷的虔诚的土耳其人。

"咱们罪孽深重,可储备贫乏。"老爹坐在阴凉的榛子树下说,

"喂，谢廖扎，赞美上帝吧！"

他从粗麻布袋里掏出面包、十个西红柿、一块比萨拉比亚羊酪和一瓶橄榄油。盐装在不大干净的破布包里。饭前老人画了半天十字，嘴里不知低声咕噜了些什么。然后他把一大块面包掰成大小不等的三块。最大的一块递给谢尔盖（小伙子正长个儿，吃得多），稍小的那块留给狮子狗，自己拿起最小的一块。

"以圣父圣子之名，上帝啊，所有人的眼睛都指望你恩赐。"他低声说，把羊酪哆哆嗦嗦地分成几份，又从瓶里往上倒橄榄油，"吃吧，谢廖扎！"

他们三个像真正劳动者那样，不慌不忙地、默不作声地吃简陋的午餐。只听见三张嘴嚼食物的声音。阿尔多伸长身子趴在地上，前爪按着面包，在一旁吃自己的那一份。老爹和谢尔盖轮流把熟透的西红柿往盐里蘸，用它就羊酪和面包吃，嘴唇上流出鲜红的西红柿汁。他们吃饱后，把洋铁杯放在一股泉水下接水，洋铁杯上浮起一层细水珠。水是透明的，冰凉的，香甜极了。他们喝了个够。正午的炎热和漫长的旅途使得一清早就爬起来的杂耍艺人昏昏欲睡。老爹的眼睛睁不开了。谢尔盖又打哈欠又伸懒腰。

　　"我说孩子，咱们躺下睡个觉怎么样？"老爹问道。"来，让我再喝最后一口水。唉，真甜！"他大声喘气，嗓子里发出咯咯声，把洋铁杯从嘴边拿开，晶莹的水珠从胡子上淌下来，"我要是皇上，就老喝这里的水……从早到晚！阿尔多，到这儿来！你瞧，上帝养活了人，可谁也看不见，谁要看见了他就不会欺负……噢……"

　　老人和小男孩枕着各自的旧上衣并排躺在草地上。树干弯曲、枝丫舒展的柞树的暗绿色的叶子在他们头顶上发出沙沙的响声。透过它的枝叶现出明净的蓝天。溪水潺潺流着，从这块石头跳到另一块石头上，声音单调而悦耳，仿佛低声絮语，催人入睡。老爹翻腾了一阵子，咳嗽了几声，嘴里嘟囔着，但谢尔盖觉得他的声音发自温柔迷茫的远方，可听不清他嘟囔什么，仿佛置身于童话之中。

　　"先得给你买身衣服：一件粉红色的绣金紧身衣……鞋也是粉红色的缎子鞋……在基辅，在哈尔科夫，再比如，在敖德萨城吧——到了那里，孩子，什么样的马戏班子没有啊！路灯一眼望不到头……全都是电灯……居民有五千人，也许还要多……我打哪儿知道哇！我们一定给你想个意大利姓。'叶斯季费耶夫'或'洛德日金'算什么姓啊？纯粹扯淡———一点想象力都没有。我们还让你上海报——'安东尼奥'，或者，比方说，'恩利科'或'阿里冯佐'，都挺好……"

往下小男孩就什么也听不见了。温柔而甜蜜的睡意上来了，束缚住他的身体，使他变得周身无力。老爹也睡着了，饭后他通常爱幻想谢尔盖有一天将在马戏班子里大显身手的情景，但思路突然断了线。只有一次他迷迷糊糊地觉得阿尔多对人汪汪叫。刹那间他昏沉沉的脑子模糊不安地想起刚才那个穿红衬衣的扫院子的人，但疲倦和炎热完全把他征服了，他困得爬不起来，只闭着眼睛懒洋洋地叫了一声狗：

"阿尔多，上哪儿去？我给你点厉害看，流浪汉！"

可是他的思路马上混乱了，消融在变幻不定的沉重的梦幻中。

谢尔盖的声音惊醒了老爹。小男孩沿着溪流的那一边忽前忽后地跑着，尖声打呼哨，惊恐不安地高声喊叫。

"阿尔多，这儿来！回来！喝，喝，喝！回来！"

"谢尔盖，你号叫什么？"洛德日金不高兴地问，使劲舒展发麻的那只手。

"我们把狗睡丢了，你瞧瞧！"小男孩气冲冲地顶撞道，"狗丢了！"

他尖声打了个呼哨，又拖长声音喊起来。

"阿——尔——多！"

"你别瞎想！……会回来的。"老爹说，可他马上站起来，也气呼呼地用老年人睡醒后的尖哑的嗓子喊起来。

"阿尔多，到这儿来，狗崽子！"

他迈着碎步跌跌撞撞地跑过桥，上了大道，嘴里不停地叫狗。半俄里长的白花花的平坦大道展现在他眼前，可连个狗影子也没有。

"阿尔多！阿尔多申卡！"老人哀嚎起来。但他突然不喊了，把身子弯得很低，蹲了下来。

"原来这样！"老人压低了声音说，"谢尔盖！谢廖扎，到这儿来。"

"那儿能有什么？"小男孩朝洛德日金走去，没好气地说，"找到鬼啦？"

"谢廖扎……这是怎么回事儿？这到底是怎么回事儿？你明白吗？"老人问道，声音轻得几乎听不见。

他那双慌乱的眼睛可怜巴巴地望着小男孩，那只直指地下的手四下乱动。

大道上的尘土里有一大块吃剩的香肠，香肠周围都是狗踩的脚印。

"坏蛋把狗拐走了！"老爹惊慌地低声说，仍然蹲着不动，"没别人，准是他——一点不错……你记得吧，刚才他在海边老拿香肠喂狗。"

"一点不错。"谢尔盖满面怒容，恶狠狠地重复道。

老爹睁大的眼睛里突然滚出大颗泪珠，眼睛不停地眨巴着。他两手捂住眼睛。

"咱们现在可怎么办，谢廖任卡？啊？咱们现在可怎么办？"老人问道，身子前后摇晃，无可奈何地抽搭着。

"怎么办，怎么办！"谢尔盖生气地模仿老人说话的样子，"起来，洛德日金老爹，咱们走吧。"

"咱们走吧，"老人凄凉地重复道，顺从地站起来，"那就走吧，谢廖任卡！"

谢尔盖再也忍不住了，像训孩子似的对老人喊起来：

"老头，你别装傻了。哪儿见过拐别人狗的？你干吗对我眨眼？我说得不对吗？咱们直接找他们去，对他们说：'还我们狗！'要是不还就找调解法官，再没别的可说了。"

"找调解法官……对，当然要找……这样做对，找调解法官……"洛德日金重复谢尔盖的话，脸上现出令人琢磨不透的苦笑，但眼睛却羞愧地转来转去，显得很为难，"找调解法官……对……可谢廖任卡，找调解法官也没用……"

"怎么没用？法律对所有人都有效。干吗要对他们客气？"小男孩不耐烦地打断老人的话。

"你呀，谢廖扎，别那个，别生我的气。狗是不会还给咱们了。"老爹神秘地压低了声音，"我是担心咱们的身份证。你没听见

125

刚才那位先生说什么来了？他问：'你有身份证吗？'就是这么回事儿。我的……"老爹脸色变了，声音低得几乎听不见："谢廖扎，我的身份证是别人的。"

"怎么会是别人的呢？"

"倒霉就倒在别人的身份证上。我自己的在塔甘罗格丢了，也许被人偷了。以后我折腾了两年：躲藏，行贿，写呈子……最后我看出根本不可能弄到了，就成了兔子，见了谁都害怕，一刻也不得安宁。就在这时候，在敖德萨的一个小客栈里碰见一个希腊人。'这点小事儿算什么，'他说，'老头，你把二十五个卢布搁在桌上，我保证给你弄一张终身身份证。'我左思右想，最后豁出去了。我说我干。从那时起，我的孩子，我用的就是别人的身份证。"

"唉，老爹，老爹！"小男孩噙着眼泪长叹了一口气，"我真心疼狗……是条好狗啊……"

"谢廖任卡，我的孩子！"老人两手哆嗦着向他伸过去，"要是我的身份证是真的，难道我怕他们是将军不成？我一定逼他们还我狗：'怎么能这样？不行！你们凭什么偷别人的狗？有这种法律吗？'可现在咱们完蛋啦，谢廖扎。我若上警察局，碰到的头一句话就会是：'拿出身份证来！你就是萨马拉市民马丁·洛德日金？''是我，大人。'可我，孩子，根本不姓洛德日金，也不是市民，而是农民伊万·杜德金。至于洛德日金是谁，只有老天爷知道。我打哪儿知道他是小偷还是在逃的流放犯！也许还是杀人犯呢！

不行，谢廖扎，咱们什么办法也没有……什么办法也没有，谢廖扎……"

老爹被一口气堵住，再也说不出话来。眼泪又沿着被太阳晒成棕色的深皱纹淌下来。老人已经变得衰弱无力了。谢尔盖一声不响地听着，皱紧双眉，激动得脸色煞白，突然把老人的胳膊架在自己肩上，把他搀起来。

"咱们走吧，老爹，"他用亲切的口吻命令道，"让身份证见鬼去吧，咱们走！咱们总不能在大道上过夜呀！"

"你真是个好孩子。"老人浑身颤抖着说。

"狗可机灵啦……咱们的阿尔多申卡……咱们再也不会有这样的狗啦……"

"行啦，行啦，站起来吧，"谢尔盖吩咐道，"我给你把尘土掸干净。你可一点精神都没有了，老爹。"

这一天杂耍艺人没再表演。谢尔盖尽管年幼，但也很明白"身份证"这可怕的三个字的招灾惹祸的意义。所以他既不坚持再寻找阿尔多，也不坚持找调解法官或采取其他的激烈措施了。但他同老爹并排走到住宿地的时候，一种未曾有过的固执而专注的神情一直没离开过他的脸，他心里仿佛盘算着干一件非常严肃而紧要的事。

他们并没讲好，但显然出于同一个隐秘的动机，故意绕了个大圈子，以便再次经过友谊别墅。他们在大门前逗留了一会儿，抱着看到阿尔多的朦胧的希望，或者，哪怕远远地听它叫几声也好。

但豪华别墅的铸花铁门紧闭着，在挺拔而忧郁的柏树的浓荫笼罩下的花园肃静得瘆人。

"老爷呀！"老人用低哑的嗓子喊了一声，把郁结在心头的辛酸都注入这一声喊叫里了。

"行啦，咱们走吧。"小男孩严厉地吩咐道，拽住同伴的袖子。

"谢廖任卡，阿尔多什卡也许会从他们那儿跑出来？"老爹突然又抽搭了一声，"啊？你是怎么想的，好孩子？"

但小男孩没回答。他迈着坚定有力的大步走在前面。他的眼睛死死盯着大道，两条细眉愤怒地皱近鼻梁。

六

他们默默地走到阿卢普卡。老爹一路唉声叹气，不停地咳嗽。谢尔盖则脸上一直没离开凶狠果断的神情。他们在一家肮脏的土耳其咖啡馆里过夜。这家咖啡馆却起了一个漂亮的名字——"恩尔德兹"，在土耳其的话里是"星"的意思。同他们一起过夜的有希腊人——石匠和挖土工，有土耳其人和几个靠打短工勉强糊口的俄国人，还有几个遍迹南俄的形迹可疑的流浪汉。只要咖啡馆到规定的时刻一上门，所有的人便马上倒在沿墙摆着的长凳上，或者干脆倒在地板上，那些比较有经验的人，出于并非多余的谨慎，把最值钱的衣物统统放在头底下。

已经过了大半夜，躺在老爹身旁的谢尔盖，悄悄从地板上爬起来，开始不出声地穿衣服。苍白的月亮穿过宽阔的窗户，把一束束颤抖的斜光倾泻在地板上，倾泻在横七竖八睡觉的人身上，照得他们的脸上显出痛苦的、死人般的神情。

"小家伙，深更半夜你上哪儿去？"咖啡馆老板易卜拉欣迷迷糊糊在门口叫住谢尔盖，老板是个年轻的土耳其人。

"闪开，我要出去！"谢尔盖用办事的口吻严厉地回答道，"起来呀，土耳其佬！"

易卜拉欣打着哈欠，搔了搔头，像是责备似的咂咂舌头，打开了门。鞑靼市场狭窄的街道沉入暗蓝色的浓影中。阴影在石路面上投下锯齿般的花纹，一直投到对面房屋的墙根处。对面房屋的矮墙被月光照得皎洁耀眼。从远方的镇边传来一阵阵狗叫声。大道上响起遛马的清脆的嘚嘚声。

几棵昏暗缄默的柏树环绕着一座寺顶像绿葱头似的白色清真寺。小男孩经过清真寺，沿着歪斜狭窄的小巷来到大道上。谢尔盖为了行走轻便没带上衣，只穿着紧身衣。月亮照着小男孩的后背，他的缩短了的昏黑古怪的影子跑在前面。黑魆魆的卷叶灌木丛藏匿在大道的两侧。一只鸟儿隔一段时间便娇声啼叫两声："我睡觉，我睡觉！"仿佛它在寂静的深夜顺从地守卫着某种忧伤的奥秘，无力同瞌睡和疲倦搏斗，无望地向谁轻声抱怨："我睡觉，我睡觉！"在黑魆魆的灌木丛和远处树林的淡蓝色的树顶上，高耸着艾彼特里山，它以它的两枚锯齿支撑着苍穹。它是那样轻盈，空灵，轮廓分明，仿佛是被从一块巨大的银纸板上剪下来的一样。

谢尔盖每走一步，便响起清晰坚定的脚步声，在这片庄严的静穆中，他心里不免有些发毛，但同时又充满一种快乐得令他头晕的勇气。他走到拐弯的地方，大海突然展现在眼前。海是那样辽阔，平静，庄严地荡漾着。一条颤抖的银色小径从地平线通往海岸，消失在大海之中，只在几个地方闪烁出耀眼的光辉，它在海陆相接的地方突然泼溅开来，宛如一道奔流闪光的铁水，像银带子一般镶嵌在海岸上。

谢尔盖悄悄溜进花园的木栅门。那里，茂密的树荫下一片漆黑。远处传来奔流不息的小溪的潺潺声，能感到它清凉湿润的气息。踏在木板桥上的脚步声格外分明。桥下的水黑得吓人。他终于来到爬满紫藤的高大铁门前，门上铸出的花饰仿佛替铁门镶了一圈花边。月光透过茂密的枝叶，化为微弱的磷光点，散落在铁门的花饰上。门的那边是一片黑暗和令人生畏的沉寂。

一瞬间，谢尔盖犹豫起来，几乎害怕了。但他压下几乎难以忍受的恐惧，低声自语道：

"我还是要钻进去！管他怎么样呢！"

爬上大门对他来说毫不费力。铁门上构成精巧图案的铁涡纹成了劲儿很大的手和肌肉发达的小腿的可靠支撑点。铁门的上方，一座宽阔的石拱楼横跨在两根石柱之间。谢尔盖摸索着爬上石拱楼，然后趴着两脚朝下，把腿伸进大门的另一侧，整个身子也慢慢往那边滑，两脚不停地寻找凸起的地方。这样，他的身子已经翻过拱楼，只有手指扒着石拱楼边，但脚还未找到支撑点。他当初并没料到，大门上的石拱楼朝里比朝外凸起得多，而随着两手发麻，无力的身子越来越往下坠，心里越来越害怕。

他终于支持不住，抓着拱楼尖角的手松开了，一下子摔了下去。他听见身子掉在沙石上咕咚响了一声，觉得膝盖痛得钻心。他摔蒙了，在地上趴了一会儿。他觉得全别墅里的人马上就会惊醒，穿粉红衬衫的脸色铁青的扫院子的人就要跑过来，接着便是一片喊叫声和一团慌乱……可跟先前一样，花园里仍是一片沉寂，只有一种单调而低沉的嗡嗡声传遍整个花园。

"嗡……嗡……嗡……"

"唉，这是我耳朵里嗡嗡响！"谢尔盖猜到了。他站起来。花园里的一切都显得可怕、神秘，但又像童话般美丽，仿佛充满了芬芳的梦。黑暗中刚能看清的花朵，在花坛上轻轻摇曳，怀着朦胧的恐惧互相依偎，仿佛低声絮语、窥视。挺拔昏暗的柏树，散发着清香，轻轻地上下摆动它的尖顶，现出沉思而责怪的样子。而在小溪另一旁的灌木丛中，一只疲倦的小鸟正同瞌睡斗争，怀着无可奈何的哀怨一再重复着：

"我睡觉！我睡觉！我睡觉！"

夜间，在小径上的纷乱的影子当中，谢尔盖认不出他在什么地方了。他在咯吱咯吱响的沙石上徘徊了很久，才走到房子跟前。

小男孩一生中从未像现在这样体验过孤立无援和遭人遗弃的痛苦感觉。他觉得大花园里到处藏匿着无情的敌人，他们脸上带着神秘而恶毒的冷笑，正从黑洞洞的窗户里监视着瘦弱的小男孩的每一个动作。敌人一声不响，焦急地等待着某种信号，等待着某个人发出愤怒的、震耳的、威严的命令。

"准不在房子里……它不可能在房子里！"小男孩仿佛说梦话似的低语着，"在房子里它会叫的，叫得他们讨厌……"

他走遍了别墅的四周。房子后面的大院子里有几排外表较为简陋的房子，这几排房子显然是供仆人居住的。这里也跟正房一样，没有一个窗户亮着灯。只有月亮在黑魆魆的窗户上反射出明暗不同的苍白的光来。"我离不开这儿了，永远离不开了。"谢尔盖心烦意乱地在心中暗道。刹那间，他想起老爹、旧手摇风琴、咖啡馆里过夜、清凉泉水边吃早饭。这一切都不会再有了！谢尔盖又伤心地想道。他越觉得没希望从这儿出去，恐怖越被一种麻木、平静和残酷的绝望所压倒。

一声微弱的、呻吟般的狗叫声传到他耳朵里。小男孩停住了，屏住呼吸，浑身肌肉紧张，踮起脚尖来。狗又叫了一声。声音仿佛是从谢尔盖身旁的地下室里传出来的。这间地下室没有窗户，靠一排粗糙的方形小孔通气。小男孩穿过花坛，走到墙跟前，把脸贴在一个通气孔上，打了一声呼哨。下面的什么地方轻微地、警觉地响了一下，但马上又没声音了。

"阿尔多！阿尔多什卡！"谢尔盖声音颤抖着轻轻叫道。

小狗突然嘶哑地狂叫起来，叫得整个花园都听得见，每个角落都响起回声。这阵叫声里，除了包含快活的欢迎外，还掺杂着哀怨、恼恨和肉体上的疼痛。听得见小狗在黑暗的地下室里拼命挣扎，使劲挣脱什么东西。

"阿尔多！小狗啊！阿尔多什卡！"谢尔盖哽咽着又叫了它一遍。

"嘘，该死的东西！"下面传来低沉凶狠的喊声，"嘿，贼骨头！"

什么东西在地下室里敲了一下。狗一声声地哀嚎，半天不止。

"不许打狗！不许打狗，畜生！"谢尔盖气疯了，喊起来，用指甲抓石头墙。

以后所发生的事谢尔盖就记不清了，他仿佛发了一场可怕的热病。地下室的门砰的一声敞开了，扫院子的人从里面冲了出来。他只穿着一件内衣，光着脚，满脸胡子，他的脸被直射的月光照得煞白。谢尔盖觉得他像个巨人，童话中发怒的怪物。

"谁在这儿溜达？我开枪了！"他大声喊道，声音像打雷，喊得整个别墅都听得见，"有贼！有人打劫！"

就在这一刻，阿尔多叫着，像个白绒团似的从敞开的黑门洞里跳出来，脖子上还带着一段来回拨拉的绳子。

可小男孩这时顾不上狗了。扫院子的人那副可怕的模样吓得他魂不附体，两条腿不听使唤，虚弱无力的小身体瘫痪了。好在他惊呆的时间不长。谢尔盖几乎下意识地、绝望地尖声哭号起来，转身离开地下室拔腿就跑，不辨道路，不顾方向，把什么都忘了。

他像鸟儿一样飞奔，突然来了劲的两条腿就像铁弹簧似的在地上蹦跳。阿尔多在他身旁跑着，发出快活的叫声。背后沙石上响起扫院子的人的咚咚咚的沉重的脚步声，他朝谢尔盖的背后恶狠狠地骂着脏话。

谢尔盖一下子撞在大门上，可他连想都没想，就本能地感觉到这里没有路了。白墙和沿墙生长的一排茂密的柏树之间有一条昏暗的窄道。谢尔盖听凭恐惧的驱使，毫不犹豫地一弯腰钻进窄道，沿墙向前跑去。柏树散发出刺鼻的树脂味，它长着尖刺的枝条抽打着小男孩的脸。他不时被树根绊倒，两手摔出了血，但立刻爬起来，顾不得疼痛，又向前跑，身子快弯到地上，他已经听不见自己的喊叫了。阿尔多跟着他跑。

他跑在狭窄的过道当中，一边是高墙，另一边是一排紧密的柏树，他像一头吓昏的小野兽掉进无底的陷阱里。他嘴里发干，一呼吸就像几千支针扎胸口。扫院子人的脚步声一会儿出现在左边，一会儿出现在右边，吓昏头的小男孩一会儿向前跑，一会儿又向后跑，几次跑过大门前，又钻进昏暗的窄道。

谢尔盖终于再也跑不动了。他在极端的恐惧中，渐渐被冰冷而麻木的忧伤所控制，对任何危险都无所谓了。他坐在一棵树下，疲惫至极的身子紧靠着树干，眯起眼睛。敌人沉重的脚踩在沙石上发出的嚓

嚓声越来越近。阿尔多把头伸进谢尔盖的两条腿中间，轻声尖叫。

离小男孩两步远的地方，他用手拨开的树枝沙沙响起来。谢尔盖下意识地抬头向上一望，心里突然感到一阵狂喜，便一跃而起。他这时才发觉对面的墙很矮，不到一俄丈半高。不错，墙头上用石灰砌着玻璃瓶碎片，但谢尔盖顾不得这些了。他立刻横抱起阿尔多，把它前爪搭在墙上。聪明的小狗完全明白他的意思，飞快地爬上墙头，摇着尾巴得意地叫着。

谢尔盖也跟着它爬上墙头，就在这时，从分开的柏树枝当中露出一个高大的黑影。狗和小男孩的两个灵巧的身体轻盈地跳到墙外的大道上。他们背后传来一阵恶狠狠的骂声，像一盆脏水向他们泼过来。

不知扫院子的人是由于不像两位朋友那样灵巧，还是在花园里转圈转累了，或者他本来就没指望追上两个逃亡者，反正没再追赶他们。但他们还是一口气跑了半天——他们两个灵巧，有力，仿佛由于脱险而高兴得生出了翅膀。狮子狗很快就露出平时的轻浮。谢尔盖还不时胆怯地向后张望，可阿尔多已经兴奋地摇晃耳朵，摆动绳索头，往他身上扑了，一再跳起想尽办法去舔他的嘴唇。

小男孩一直跑到泉水跟前——昨天白天他跟老爹吃早饭的地方，才镇定下来。狗和小男孩一起趴下把嘴凑近冰凉的水池，大口喝清凉甘美的泉水。他们互相推搡，一会儿抬起头来喘一口气，水珠从他们嘴上清脆地滴在水面上，然后他们又贪婪地把头伸向水池，简直离不开它了。等他们终于离开泉水，向前走的时候，满肚子的水咕噜咕噜直响。危险过去了，这一夜的恐惧消失得无影无踪，于是他们迈着轻松的步子，高高兴兴地穿过幽静的灌木丛，沿着月光照耀得发白的大道走去。这时，灌木丛已散发出清晨的潮湿和新鲜树叶的甜香。

小男孩走进恩尔德兹咖啡馆时，易卜拉欣对他低声责备道：

"小家伙，到哪儿闲逛去了？你到哪儿闲逛去了？唉、唉、唉，不好啊！……"

谢尔盖不想叫醒老爹，但阿尔多替他做了。它在躺在地板上的一堆人当中立刻认出老爹，老爹还没清醒过来，它已经快活地叫着舔过他的脸颊、眼睛、鼻子和嘴了。老爹醒过来，看见狗脖子上的绳索头和躺在自己旁边身上落了一层土的小男孩，便一切都明白了。他想让谢尔盖给他解释清楚，但什么也没问出来。小男孩已经摊开两只手，张着大嘴睡着了。

（蓝英年　译）

阅读链接

卖艺人的动物观 —— 沈石溪

亚·伊·库普林一生坎坷，两岁丧父，在孤儿院长大。当过记者、猎人、渔夫、演员和杂技场的工作人员。青年时代的不幸遭遇，让他有机会熟悉俄国社会的底层百姓，为他以后的写作生涯，奠定了坚实的生活基础。他写了《奥列霞》《决斗》《石榴石手镯》等脍炙人口的小说，是俄国著名现实主义作家。

库普林以中短篇小说的卓越技巧闻名于世。《白毛狮子狗》是他很重要的短篇小说，写他很熟悉的江湖杂耍艺人的生活。一个名叫洛德日金的老爹，与一个名叫谢尔盖的孤儿男孩，带着一只名叫阿尔多的演艺狗，在富人的别墅区流浪卖艺。虽然日子凄风苦雨，但他们相濡以沫，过得很快乐。但飞来横祸，一个被宠坏了的富家少爷，想要霸占会直立鞠躬和做出各种杂技动作的演艺狗阿尔多。为了满足儿子的无理要求，贵夫人颐指气使，要用三百卢布的天价，购买阿尔多。这笔钱，在当时的俄国，足够开一家杂货铺。但洛德日金老爹在金钱面前不为所动，虽然他穷困潦倒，非常需要钱，但他和男孩谢尔盖，早就把阿尔多视为家人，感情是不能出卖的，他断然拒绝了贵夫人的无理要求。贵夫人使出了最卑鄙的手段，用香肠做诱饵，将饥肠辘辘的阿尔多拐走了，关在别墅的地下室。男孩谢尔盖冒着生命危险，潜入别墅地下室，救出了演艺狗。

作品深刻揭露了当时俄国上流社会贵族阶层的虚伪、霸道和残忍，描写卖艺老人、孤儿和一只狗之间生死相依的珍贵感情，热情讴歌底层百姓的善良和真诚，是一篇典型的现实主义作品。至今读起来，仍能感觉到作家无情的批判锋芒，仍能感觉到作家对生活在社会底层小人物强烈的人文关怀。

这篇小说充分体现了库普林高超的写作技巧，通过大段大段人物对话，把人物的内心世界挖掘出来。小说仅一万多字，却写了十几个人物，每个人物都各不相同，寥寥数笔，把每个人物不同的性格刻画得活灵活现。

认真说起来，把这篇小说归类为动物小说，似有点牵强。作家在演艺狗阿尔多身上用的笔墨并不多，更多的是在描写杂耍老艺人和孤儿男孩。演艺狗阿尔多似乎只是一个陪衬、一个道具，来烘托杂耍老艺人的善良和正直，来反衬上流社会富人的虚伪和阴毒。但再仔细分析，演艺狗阿尔多在这篇小说里虽然着墨不算特别多，却是个核心人物，是整篇作品的灵魂所在。一部文学作品，头绪纷繁，人物众多，但不管有多少人物，其中肯定有一个核心人物。核心人物与我们通常所说的主要人物或所谓主角不一样，核心人物并非一定是主要人物或所谓主角，也并非一定是笔墨用得最多的人物，而是指整个故事或者关键情节围绕这个人物展开，这个人物在整篇作品里具有不可替代的唯一性。而《白毛狮子狗》这篇小说里，演艺狗阿尔多就起到了这样一个核心和关键作用。还有一点，一部优秀文学作品是有灵魂的，何谓灵魂？就是隐含的神秘力量，看不见，摸不着，却又能左右其他人物的性格与命运，决定文本的价值和意义。而《白毛狮子狗》这篇小说里，演艺狗阿尔多就像一面镜子一样，它的存在，把社会底层小人物的辛酸委屈，把上流社会大人物的飞扬跋扈，在镜子里照得纤毫毕现。也正是因为有了演艺狗阿尔多，杂耍老艺人和孤儿谢尔盖面对金钱诱惑，毫不动摇地将亲情友情放在第一位，他们纯洁高尚的心灵，才像鲜花一样在字里行间美丽绽放，而那些所谓的上流社会达官显贵，对金钱的贪婪和对情感的亵渎，才像粪便一样在字里行间散发令人作呕的臭味。从这个意义上说，把这篇小说归类到动物小说里，也是很适合的。

奇异的蒙古马

[英国] 詹·奥尔特里奇

  蒙古的"山池野马"算是世界上最罕见的马了。它是史前马的一个特殊品种，在人类出现以前很早就有了。人类从来就驯不服、也养不住这种野马。所以它们还是老样子，看上去就跟法国山洞中发现的史前人壁画上画的野马一模一样；个子矮小，深红色的毛，脑袋特别大。

  近三十年来，世界各国的科学家大都认为蒙古野马已经绝种了。可是不久前，一个叫巴留特的蒙古小孩在一处山间草地上却发现了它们。尤其是其中一匹被他称呼为塔赫的小公马给他留下了极其深刻的印象。消息传出去以后，苏联、捷克斯洛伐克、德国和英国的科学家都来了。他们用尽一切办法，最后用催眠弹才逮住了四匹野马——两匹公的和两匹母的，它们被分送到苏联、捷克斯洛伐克、德国和英国的野生动物保护区内。而其中被送到英国威尔士野生动物保护区的，正是那匹叫塔赫的小公马。下面说的就是它到了英国以后的故事。

一

英国威尔士的野生动物保护区，是一处出色的野生动物保护区。那里面积很大，有很多山岗和牧场，周围既没有城市，也没有村庄。保护区没有栅栏和围墙，只在四十多公里以外的地方拉了一道电网，以防止动物跑到公路上去。

负责这一保护区的杰米森教授是英国国立野生动物保护区的主任，一位优秀的动物学家。他为了让一匹蒙古野马乐意在此安家，一年前就驯养了一匹叫"小苍蝇"的设得兰矮种小母马。"小苍蝇"温顺老实、天真可爱，是教授的小孙女基蒂的好朋友。教授想，要使那匹野马在这自然保护区里过得惯，除了给它找一个温和机灵的同伴以外，还能有什么更好的办法呢？等到野马信赖他们了，那时就可以再从蒙古给它弄来一匹母野马，而把"小苍蝇"领回来。

塔赫被运畜车运往威尔士自然保护区的时候，好像已感到情况不大妙。它在车里直打响鼻，蹄子又刨又踢。到了保护区，当人们将后车门打开时，它站在一边一动不动，两眼紧盯着大家，低下了头，好像要发起进攻似的。过了一会儿，它像猫一样弓起身子，一溜烟地向草场方向跑去。它拼命狂奔，四条又短又粗的怪腿就像平伸在地面上一样，转眼间就在河谷里消失了。

自然保护区最高的山的山顶上有一个叫"乌鸦窝"的观察站，教授的助手皮特就在那里日夜对塔赫进行观察。

第二天一早，皮特就从"乌鸦窝"打来了紧急电话，说塔赫在到处乱跑，可能是在找出口，也可能是在找自己的野马群。

过了一个星期，皮特又在电话中报告说，塔赫把保护区跑遍了，后来总算在一个小河谷安顿了下来，那里有含盐分的青草，还有少量清水。但它总是气呼呼地又摇头又甩尾巴，翻来覆去地打量那片小山丘，似乎是在寻找什么东西。它遇到什么就追什么。有一群白嘴鸦被它吓得四处乱飞，就好像后面跟着一个恶鬼。

教授想，塔赫是群居动物，现在它觉得孤单了，可以把"小苍蝇"放出去了。

他和基蒂把"小苍蝇"装上运畜车，运往塔赫所在的河谷。在那里，"小苍蝇"如要寻路回家，一定得穿过塔赫的新领地。平时温顺的"小苍蝇"对此没有好感，大家费了很大的劲才把它装进运畜车。车开动时，它竟暴跳如雷。到了目的地，它被赶出运畜车，它站在那里，就像看一群妖怪似的瞅着大家。车开走时，它在后面紧追不舍，看看追不上了，才停下脚步，忧伤地望着卡车远去的背影。

第二天夜里，"小苍蝇"回来了，并不住声地嘶叫。教授给它做了检查，发现它平安无恙。天亮以后，就把它送了回去。

过了两天两夜，"小苍蝇"又回来了。这一次它浑身上下都是泥巴，腰上还有一处不大的伤口。这是被塔赫袭击了的结果。

接连五个星期，教授五次把"小苍蝇"运到河谷那边去，它五次都回来了。但最后两次，它都是过了四天才回来的，而且变得有些奇怪，虽然它仍然愿意跟着基蒂跑，可是再也不想进屋了。有一次，它甚至跑到离家很远的地方，好像要独自回到山里去。

教授第六次把"小苍蝇"运回河谷后，"小苍蝇"有十多天没有回来。皮特通过扬声器兴冲冲地报告说，他已清楚地看到，"小苍蝇"与塔赫在一起了。塔赫活像个小国王，正带着"小苍蝇"在熟悉他的领地。不过，皮特还断言，塔赫正在四下里查看，想弄清楚能不能远远跑掉。

一天半夜两点来钟，基蒂隐约觉得窗外好像有个什么东西，起身一看，是"小苍蝇"。它浑身烂泥，焦躁不安，碰也不让她碰。教授想走近它，它跳开了。用手电筒照它，发现它的脖子下边，被狠狠地划出了一道伤口，像一条细线似的横贯整个前胸。教授认为，这伤口一定是"小苍蝇"全速飞奔时一头撞到电网上后留下的。

基蒂向厨房走去，"小苍蝇"也跟了过来，用嘴轻轻地推推她。她察觉到它遇到了什么不愉快的事，想叫她心疼它。可是她一摸它的脖子，它马上又挣脱开了。

教授给"小苍蝇"洗完伤口，随后熄了灯，隔着屋里的窗户监视"小苍蝇"。"小苍蝇"愣了一会儿，似乎十分留恋地来到窗户旁，接着仿佛把心一横，就扭头跑开了。

教授对塔赫一直抱着乐观的态度。他认为"小苍蝇"总有一天会让塔赫留在他所住的那片谷地。基蒂却有预感，塔赫和"小苍蝇"将有一件不寻常的事要发生。

果然，阴晴不定的几个星期以后，教授和他的助手终于发现，塔赫跑掉了，还带走了"小苍蝇"。他们找遍了整个自然保护区，最后在东边山里的电网和废金矿坚固的古老石墙衔接的地方发现了一个窟窿。那里石块遍地狼藉，有些石块居然在离墙二十多米远的地方。窟窿不太大，恰好能钻出一匹马。从墙外那些有斑斑血迹的石块上来看，塔赫大概是把蹄子都踢碎了。

二

　　从发现塔赫带着"小苍蝇"逃走开始，自然保护区就派出了直升机从空中搜索了附近所有的山岗和农场。他们虽然看见了许多山地矮种马和别的马，却始终没有发现塔赫和"小苍蝇"。

　　随后的二十三天内，教授给当地的几个警察署和附近的各个农场，以及野生动物研究会、旅游俱乐部等其他团体都打过电话，请他们多多留意这两匹马。他相信邻近的各地都已布下了天罗地网，塔赫和"小苍蝇"是走不远的。可是，叫人难以相信的是，塔赫和"小苍蝇"竟然从地面上消失了。

　　此后的几个星期，塔赫和"小苍蝇"一直毫无音讯。但接着，突然间教授陆续收到了数以百计的来自英国各地的信，有的是警察局寄来的，有的是野生动物爱好者寄来的，还有农场主或农民寄来的。这些被送来的报告大都捕风捉影，只有一位在离保护区不远的地方经营一个养禽场的妇女确实看到了塔赫和"小苍蝇"。那天晚上，一阵狗叫声把她惊醒了。她以为鸡窝里钻进了狐狸，便抄起枪和手电筒赶紧跑了出来。她见到有两头吓人的动物一下子蹿到一边去了，就放了一枪。事后她才回过味来，那是两匹矮马，其中一匹瘸得厉害。教授断定，那瘸腿的是塔赫，它在凿墙时把腿碰伤了。

这以后，教授一直在千方百计打听塔赫和"小苍蝇"的下落，遗憾的是到处都没有发现一点踪迹。

一天早晨，教授忽然收到法国波尔多动物园副主任法农先生寄来的一封信，询问威尔士野生动物保护区丢失的那匹蒙古野马有没有可能通过什么途径跑到法国去。法农先生说他是在法国的一本动物学杂志上读到这匹野马的消息的。而之所以决定写这封信，是因为不久前他和一位运肉给法国动物园的人聊过天，那人说，他曾亲眼看见从英国运到法国基耳伯夫屠宰场的马群里有一匹很怪的马。法农先生认为，肉商描述的那匹怪马很像春天开始褪毛的蒙古野马。他表示，如教授认为那匹野马有可能逃到法国去，他可以帮助继续调查。

教授立即给法农先生拍去一封电报，说他不明白他的野马怎么会跑到法国去。不过他也承认，除泅渡英吉利海峡外，这匹野马什么事情都干得出来。因此，法农先生若能帮助继续打听，他将深表感谢。同时他本人将负责查清野马跑到法国去的原因。

随后一段时间内，教授跑遍了南方沿海一带，四处打听。他写了几十封信，打了无数次电话，末了总算查明：纽伯里有个马贩子，开着两辆大卡车在全国各地收购马，然后把它们运往法国和比利时。据那些住在泥赛沼泽地的农场主说，夜里常有人来逮野生的矮种马，一逮就是几十匹，然后把它们用卡车运走。这个马贩子每年把从纽伯里运往法国和比利时的马分成两类：一类是无用的老马，杀掉给野兽和狗吃；另一类是牙口很嫩的好马，屠宰后供人食用。教授和基蒂担心塔赫和"小苍蝇"也落到这种下场。

但没等多久，法农先生把在法国调查到的线索用信通知了教授。他说他与那个肉商一起去详细询问了他在屠宰场中的几个熟人。他们都说确实见过这样两匹马：一匹又丑又矮的公马，一匹长毛蓬松的"吉卜赛女郎"（设得兰矮种母马）。那公马瘸得厉害，"吉卜赛女郎"呢，跟它形影不离。不过，它们都没有当刀下冤鬼。因为不知是其中哪一匹以何种方法竟在栅栏底下挖出一个坑，结果它们与另一匹枣红马，像狗一样从栅栏底下爬走了。

法农先生从它们钻过的栅栏附近，沿着它们最有可能去的方向到处打听。一个乡邮员说，他一天凌晨打猎，在离基耳伯夫二十来公里的一个小树林旁，看见过三匹矮种马。其中有一匹只能用三条腿跑，一条后腿拖在地上。尽管如此，它们却跑得飞快，等他走到它们原先站的那个地方，三匹马早已在树林里跑没影了。

法农先生沿着马的逃跑路线又追踪了五十公里。后来找不到它们的踪迹了，就给法国各地的国家宪兵机关，以及学者和护林人员写信，请他们帮助寻找这三位"旅行者"。

读了法农先生的这封信，杰米森教授到法国去了。他坚信一定能找回塔赫。他在那里整整住了两个星期，直到最后两天才弄清了马的去向。但他无法查清这三匹马目前在什么地方，只好空手而回。他想这准是因为塔赫玩的昼伏夜行的鬼把戏。叫人纳闷的是，它的把戏怎么会玩得这样成功。

法农先生不久又来信报告说，野马走的不像是一条直线，而是像帆船一样不断变换"抢风"方向，但总的来说是坚定不移地朝着东南方向走，最后来到卡马尔格，法国南部最大的野生动物保护区之一，欧洲仅有的一个散养马群的地方，也是驰名的卡马尔格矮种马的产地。在那里，一个牧马人的儿子一连两三个星期，经常看到三匹"古怪的卡马尔格矮种马"混在他的马群中一起吃草。有一天，他被派去逮四匹小公马，他从背后接近马群，结果看到了塔赫和一匹卡马尔格公马进行的一场令人吃惊的厮杀。据他说，卡马尔格公马的身材比对手高大得多，而且素以凶狠著称，可是那匹猴子般小巧的奇怪的矮种马却把那匹卡马尔格公马打得落花流水，而且既不让它逃跑，也不停止厮杀。塔赫打架大概是为了保护"小苍蝇"和枣红马。它死打硬拼，把那匹卡马尔格公马弄倒在地，正想用两只前蹄要它的性命的时候，小伙子骑着马跑了过来。于是塔赫转身向小伙子和他的坐骑猛扑过来。它把小伙子的坐骑咬了一口，要不是小伙子叭叭地甩起手中的长鞭，它说不定还要发起第二次进攻。塔赫显然是被长鞭给吓住了，随后就逃之夭夭了。

最后，法农先生还从法意国境线上的边防哨所那里收到了一份报告。那里的一位军官和两名士兵看到有三匹小马越过和边境线同一走向的一个很陡的山坡，两名士兵为测试一下距离，开了枪。听到枪声后，其中的一匹马像发了疯似的沿着山坡上下乱窜，催促着另两匹马赶快逃跑。很快，这三匹马就钻进意大利境内的一小片栎树林里了。

三

塔赫一行进入意大利以后，杰米森教授又陆陆续续收到了欧洲各界人士写来的信。他总算弄清楚了，塔赫、"小苍蝇"和枣红马在路上至少连续遭了三次大难。

它们头一次遭难是在意大利。它们藏在维罗纳附近的树林里时，不知怎的被吉卜赛人发现了。他们在三匹马必经的小路上拉了几条铁丝做的绊马索。夜里，等它们一出来，他们就突然点起灯笼，咚咚咚地猛敲铜鼓铜壶吓唬它们。"小苍蝇"和枣红马当即被绊马索绊倒缠住，只有塔赫看见铁丝后一跃而过，逃掉了。

吉卜赛人把逮住的两匹马关在临时畜圈里。夜里塔赫跑了来，开始破坏绳子围成的栅栏。吉卜赛人闻声赶来捉它。可是只要一靠近，塔赫就向他们进攻。吉卜赛人以前从未见过这样的马，一下子全惊呆了。塔赫乘机钻进畜圈把"小苍蝇"领出来。枣红马不大愿意走，塔赫就踢它，强迫它逃走。

吉卜赛人眼看三匹马都要从手里跑掉了，忙拿套马索去套枣红马。塔赫马上向拿套马索的人冲了过去。可惜吉卜赛人对此早有防

备，有个吉卜赛人用锤子照着塔赫的前额打了一下，塔赫就倒了下去。

塔赫醒过来时，已躺在铁丝围成的畜圈里，四条腿被人牢牢捆住。吉卜赛人用凉水浇它，想把它驯成一匹运水马，可是每当他们把装水的皮口袋绑到它的脊梁上时，它总是又咬又踢，躺在地上直打滚，把背上的东西全都甩掉。

吉卜赛人把塔赫绑起来，放在一辆卡车上运走。"小苍蝇"不肯把塔赫丢下，每天夜里都跟在后边。

一天夜里，吉卜赛人将塔赫关在一个用铁丝围成的畜圈里，只用绊绳拴住了两条后腿。夜里下起了大雨，吉卜赛人躲在大篷车里，猛听到有匹马发出一声撕肝裂肺的尖叫。他们赶紧跳了出来，只见塔赫已挣断了拴住后腿的绳索，冲出了畜圈，胸前挂着带刺的铁丝，身后还拖着缠在铁丝网上的两根木桩子。它浑身是血，而且东倒西歪，但就是这样，它仍然想冲上去踢咬要靠近它的人。于是吉卜赛人决定等它痛得倒下去或是它身上的铁丝刮住了什么之后再说。

塔赫拖着铁丝跑了大约半公里远，忽见前面横着一条很长的深沟。吉卜赛人满以为它跑不了了，但塔赫却依旧加快步子，猛地跳过沟去，它身上挂的铁丝和木桩一瞬间奇迹般地飞向了空中，随即都掉到了沟中。吉卜赛人大吃一惊，最后只好望着一瘸一拐的塔赫带着"小苍蝇"绝尘而去。只有那匹枣红马，后来被他们逮住驯成了一匹运水马。

塔赫和"小苍蝇"第二次遇险是在奥地利。这一回，它们碰上了一个带枪的护林队员。

那天晚上，护林队员借着月光看到了它们，被它们的模样吓了一大跳。他弄不清楚这是什么动物，但断定是两头野兽。既然是野兽，那就一定很危险。于是他拿着枪在小路旁的一块大石头后埋伏了下来，等它们在山路上一露头，便瞄准其中的一个开了一枪。可是，"野兽"恰巧在这个时候向前猛地一跳，就好像知道有人会向它开枪似的。这一枪没打中，护林队员又放了一枪，幸好这时两匹马已经跑下山坡，把羊群吓得到处乱窜。随后，它们又钻进山坡上一座密密的松树林里，消失了。

第二天，护林队员把看到两头"野兽"的经过上报了当地的林业局。很快，维也纳大学动物学会的舒尔茨博士也获悉了这一报告，这就埋下了两匹马第三次遇险的祸根。

舒尔茨博士猜出了这是两头什么"野兽"，就立即动身追踪它们，并打算用催眠弹去打塔赫。

他在离奥匈边境只有几公里的地方发现了塔赫和"小苍蝇"的踪迹，紧追不舍，终于在一个荒芜的苹果园的角落里，看到了它们。这时塔赫身上已经长出了一层秋季的厚绒毛，看样子它病得厉害，身体很弱。"小苍蝇"看上去却很健壮，身上的毛又厚又长。塔赫站着睡觉，"小苍蝇"在旁边守卫。

舒尔茨博士抓住时机，瞄准塔赫开了一枪，他确信催眠弹打中了塔赫的左肩。因为即使在朦胧的夜色中也能看清，塔赫猛地向上一跳。于是两匹马飞速穿过苹果园，急忙逃掉了。

舒尔茨博士并不着急，他认定塔赫跑完五十米后准会倒下失去知觉。但当他发现塔赫跑了五十米没倒，跑了一百米还没倒下时，他怔住了。随后他又找了一天一夜，当地的地皮又干又硬，结果他连它们的蹄印也没找到。

四

过了四个月，杰米森教授又从匈牙利得到了消息。他立即飞往布达佩斯，从那里带回一封长信，信是一个叫科苏特的匈牙利小姑娘写给基蒂的。信里讲到了塔赫与"小苍蝇"在匈牙利的全部遭遇。

科苏特说她的父母都在一个流动马戏团里工作，冬夏两季要到全国各地巡回演出。有一次，马戏团到日尔村去演出，听说前几天村里人捉住了一匹变野了的矮种马，长着一身长毛，非常招人喜欢。它就是"小苍蝇"。当地人查不出这是谁家的马，便将它送给马戏团。

马戏团决定收留"小苍蝇"，驯养它，让它驮小孩。可是"小苍蝇"谁的话也不听，谁要是往它的脖子上拴绳子，它就对谁又踢又撞。但当只剩下科苏特一个人时，它却突然走过来，用鼻子拱拱她，好像要和她闹着玩。科苏特摸它，抓它的耳朵，它也不离开。科苏特走到哪里，它竟然跟到哪里。因此，科苏特的父亲说，这匹小马的主人大概也是个跟科苏特一样的小姑娘。

不过，"小苍蝇"怎么也不肯同马戏团里的马一块到草地上去吃草。每次带它去，它总是又踢又咬，从那里跑开。于是，科苏特的父亲又猜想，它一定有伙伴或小马驹在附近，它不愿与那匹马分开。

第二天一早，他们将"小苍蝇"放开了，然后悄悄跟着它。果然，"小苍蝇"在一座铁路桥附近长嘶了几声，就见一匹衰弱不堪的马不知从什么地方蹿了出来。它就是塔赫。

科苏特去给"小苍蝇"拴上绳子，"小苍蝇"没有反抗；可是牵它走时，它却几步一回头，想看看塔赫是不是跟在后面。

塔赫一到村口就躺了下来。它体力太差，再也走不动了。马戏团的人这时才看清，它伤势严重，整个前胸、两条前腿和脖子上都是一道道划得很深的伤口，上面爬满了苍蝇。左肩上全是血迹，还插着一根小钢箭。两条后腿上也有一些很深的伤口，骨头都露了出来，看上去十分吓人。

马戏团的人想给它拔出钢箭治伤，但它即使躺在那里，也不许谁靠近。而且"小苍蝇"也开始踢人咬人了，只有对科苏特是例外。于是，他们叫科苏特接近塔赫试试。

小姑娘鼓足勇气，小心翼翼走到了塔赫的身旁，她对它亲切地说了几句话，同时将绳子的一头套在箭杆上，然后由她父亲在另一头拉绳子。塔赫这时一直望着科苏特，眼神又野又凶，同时又显得痛苦和无可奈何。"小苍蝇"在旁边不断打响鼻安慰它。箭拔出来时，塔赫疼得一声怪叫。大家看到，那玩意儿上面净是倒刺，像鱼钩似的。

箭拔出来以后，塔赫没有很快复原。马戏团开始了例行的冬季巡回演出，塔赫和"小苍蝇"也留了下来，一起东行。这段时间塔赫混在别的马中间，伤势慢慢在好转。尽管马戏团第一次把"小苍蝇"牵去训练时，它几乎要发疯了，可是后来它明白了"小苍蝇"每次去了都能回来，就变得老实了。只是它始终不让人靠近它，同别的马在一起时，也是独自躺在一旁。

马戏团到多瑙河时，塔赫的身体渐渐好了起来，它也越来越不安分了。过河后，它踢倒了几根桩子，逃了出去。第二天在赶往基什科什的半路上，马戏团的人才从大篷车里向外瞧见了它。那时它正沿着积雪的路边跟着大篷车跑，但总是跟大篷车保持一定的距离，不让大家捉住它。在以后的日子里，它仍时时处处跟着大篷车。马戏团在村里住下，它就藏在村外。有一次，大家整整一个星期没有看到它，可是马戏团动身时，它又跑出来了。

马戏团到了匈牙利最东部与乌克兰接壤的地方，就要掉头再往西走。第二天一早，大家发现塔赫和"小苍蝇"都不见了。"小苍蝇"本来是被关在一个樱桃园中的，园旁有一条很深的水渠，渠水不浅，大家断定马是过不去的。但那天早上，水渠有一处结了冰，塔赫便从冰上来到樱桃园，把"小苍蝇"接走了。

五

塔赫与"小苍蝇"进入乌克兰以后，在很长一段时间内杰米森教授不知道这两匹马的音讯。后来，终于有了新消息。这个报告是从柯拉德集体农庄的养禽场送来的。当时两匹小马突然蹿出来，从两位放鹅的妇女身边跑过去，把鹅吓得东飞西跳。

乌克兰科学院闻讯后，派出两位动物学家去设法逮住它们。为了尽快找到它们，他们向苏军求援。两位动物学家乘着直升机找了整整一个星期，才从直升机上看到了这两匹马，它们藏在河边的小树林里。

此时已是春季，遍地是水，泥泞极厚。两位动物学家各乘一辆坦克，他们想把这两匹马赶往河曲一带，那里三面环水，无路可逃，剩下一面则由士兵堵住。

坦克开到那里时，天已黑了下来。他们在探照灯的强光照射下用望远镜进行观察，发现一个黑点一闪而过，那是塔赫。

起初，他们以为塔赫只是受了惊，正在逃窜，可是后来发现塔赫原来是在兜着一个大圈子，"小苍蝇"就在这个圈子的正中央。它掉进了一个黑泥潭里，四肢深陷，动弹不得。塔赫好像是要引开人们对"小苍蝇"的注意，又像要冲向坦克，好保护"小苍蝇"。为了不使塔赫攻击坦克，自找死路，他们只好暂时让坦克撤退一段距离，关闭探照灯，等待天亮。

天刚亮的时候，惶惶不安的塔赫又跑去催促"小苍蝇"，但"小苍蝇"实在越陷越深，爬不出来。士兵们这时都已经知道塔赫和"小苍蝇"来自远方，长途跋涉，所以都很想帮助"小苍蝇"。但有塔赫捣乱他们就无法靠近"小苍蝇"。于是，他们想悄悄接近塔赫，扔出绳子套它。可是塔赫鬼得很，根本套不住。请集体农庄庄员来团团围住塔赫吧，在这样一个开阔地带，也不可能。最后，动物学家决定请直升机帮忙。

开头，直升机就在两匹马的上空悬停不动，这惹得塔赫勃然大怒。它咆哮起来，四蹄乱跺，一次又一次地跑到"小苍蝇"跟前，好像要它快点起来。然而"小苍蝇"只能连连哀声嘶叫。塔赫大概也明白，"小苍蝇"自己是挣不出来了，因此急得都快发疯了。

直升机越降越低，塔赫围着"小苍蝇"团团打转，狂暴地晃着脑袋，打算去踢直升机。轰隆隆一声巨响，一张正方形的尼龙大网从飞机上撒了出来，塔赫和"小苍蝇"都被罩进了网里。

动物学家和士兵费了九牛二虎之力才将"小苍蝇"从泥潭里救了出来，同时逮住了塔赫。他们看到塔赫浑身上下到处都是可怕的伤疤。它的尾巴断了半截，肩上被催眠弹箭头戳下的伤口仍在流脓。"小苍蝇"倒是没受伤，但很瘦弱，四只蹄子全都磨破裂开了。尾巴十分难看，上面的毛好像是被人拔光了。

动物学家准备把这两匹马先关上一段时间，然后送往尼科尔斯基检疫站，看看它们是否有什么疫病，再把它们运回英国威尔士自然保护区去。可是就在把它们从飞机场运往尼科尔斯基检疫站的半道上出了事。

检疫站派了一辆有运马设备的卡车到机场接它们。尽管司机和随行的畜牧学家事先曾被告知塔赫如何狡猾，可是谁也想象不到塔赫有这么精明。他们把塔赫装进卡车，没有把它的腿重新捆上，以为既然它已被装在车门紧闭的卡车里，那就不必多此一举了。但车子开出大约三十公里后，他们听到塔赫用蹄子丁零当啷地踢车门，于是畜牧学家决定停车，想把后门打开个缝，看看到底是怎么回事。谁知他拔掉插销，还没等松手，塔赫就猛踢后门。畜牧学家当即负伤，昏倒在地。塔赫紧接着跳出卡车，等候"小苍蝇"出来。司机一看不好，忙跳下车来救护受伤的同伴，塔赫随即低下脑袋冲向司机。它把司机撞倒后，便和"小苍蝇"飞快地穿过玉米地，逃走了。而且，此后尽管尼科尔斯基检疫站站长组织人乘汽车、骑马，甚至驾驶直升机搜遍了那里的田野和森林，它们却都像钻进地下似的，毫无踪影。

六

转眼九个月过去了，塔赫和"小苍蝇"始终没有露过面。这年冬天，气温奇低，达到了零下三十摄氏度。草原上死了不少马，其中也有野马。于是，那些关心塔赫和"小苍蝇"的人，都猜想它们必是在严寒的天气里冻死了。

但就在这时，设在乌兰巴托的蒙古科学院收到一份报告，上面说，一些地质学家通过无线电向基地报告，他们看到了有两匹马沿着一条大山沟蹒跚而行。

巴留特一家得知这一消息，立即一早出发，走到那条大山沟的尽头。与此同时，蒙古野马群也到了这地方。野马群显得十分不安，仿佛已经知道要有什么事情发生似的。那个年轻的"首领"像马戏团的马似的绕着圈子跑，然后突然带领整个马群扭头逃走了。

过了十分钟，塔赫和"小苍蝇"出现了。"小苍蝇"身子粗笨，行动迟缓，快要生小马驹了。塔赫站在旁边，耸动着耳朵，摇晃着脑袋，一副无可奈何的模样。后来，"小苍蝇"跪了下去，随即侧身而卧。塔赫用嘴拱了拱它，蓦地顺着河谷狂奔起来，一边昂头长嘶，声音震耳欲聋，充满着挑战的意味。

巴留特的爸爸说，瞧塔赫那副神气，它一定很想率领整个野马群。果然，第二天，他们再去河谷时，发现整个野马群都在那儿。那年轻首领一马当先，正站在塔赫的对面，塔赫的旁边是"小苍蝇"。

年轻的首领开始在野马群周围来回奔跑，好像要催促野马群走开。所有的野马都听它的话，只有塔赫和"小苍蝇"是例外。"小苍蝇"无精打采地站着不动，看样子只要迈出一步，肚皮就会胀裂开来。塔赫只是伫立一旁，冷眼观察着那匹当首领的公马的一举一动。

双方的对峙立即变成了第一次较量。年轻的首领突然向"小苍蝇"身后蹿去，想强迫"小苍蝇"随马群逃走。塔赫低下脑袋，把首领拦住，照准首领狠狠地踢了一下，险些把它踢倒。首领立身刚稳，就想反踢塔赫，塔赫则闪到一旁，纵身向首领扑去，又差一点把首领踢倒，动作就像闪电一样。

那首领又企图迫使"小苍蝇"屈服，可是塔赫怒不可遏，冲上去猛咬，对方疼得发出了一声尖叫。眼看就要爆发一场激烈搏斗了，塔赫却并没有乘胜追击，而是留在"小苍蝇"的身旁，气呼呼地摇着脑袋。那首领顿了顿蹄子，再也没有轻举妄动，打了几下响鼻，便慢慢退走，跑去追赶野马群去了。塔赫没有追它，巴留特的爸爸说，这是因为塔赫知道"小苍蝇"的肚子受伤了，要生下马驹不那么简单。

确实，这一整天"小苍蝇"一动不动地站着，塔赫一直在它的周围跑来跑去，不时亲切地咬一咬它的鬃毛和尾巴。但次日清晨，它们还是离开了那里。

蒙古科学院派来了直升机一起寻找，大家终于在一小块林中空地上发现了它们。"小苍蝇"躺在一片砾石上，身旁有只小马驹。

直升机飞近后，站在旁边的塔赫显得惶惶不安，围着"小苍蝇"

团团打转。小马驹也挣扎着要起来，可就是起不来。只有"小苍蝇"没有一点动静，根据它躺的姿势，大家明白它已经断了气。

大家知道得赶紧抢救小马驹，可是直升机着陆时，塔赫猛冲过来，大家只好四散跑开。

大家向"小苍蝇"和小马驹走去，塔赫忙回到它们身边，叼起小马驹，向前一连甩了三次。大家靠得越近，它就甩得越凶。可是，当大家距离那可怜的"小苍蝇"只有十多米远时，塔赫却扔下了小马

驹，竟跑过去想叼起"小苍蝇"。

驾驶员乘机将马驹一把抱起，转身向飞机跑去。没等他跑出几步，塔赫便追了上来。要不是机组中有人打出一发信号弹，吓了塔赫一大跳，飞行员肯定得死于塔赫的蹄下。但尽管如此，直升机启动时，塔赫仍朝机身上猛踢了一下，在直升机金属外壳上留下了两个深深的蹄印。

救了马驹，大家又为如何安置塔赫费了一番心思。因为大家清楚，塔赫因为死了伴侣而十分伤心，它的身体会一天天垮下去的。

大家不得不先噼噼啪啪地甩着鞭子，把塔赫赶开，然后为"小苍蝇"挖了个墓穴。人们离开后，塔赫又回到了"小苍蝇"原先卧着的地方。它知道"小苍蝇"埋在那里，想用蹄子和嘴把泥土扒开。四天后，它仍旧在那里，大家给它扔了些干草。到了第十一天，它终于走开了。

一个星期后，塔赫和年轻的野马群首领终于发生了一场不可避免的恶战。塔赫连踢带咬，直取对方的要害处。年轻的首领虽说敢打敢拼，可是战术不高明，结果落荒而逃了。接着塔赫把野马群里的每匹马，包括马驹子，全都咬了一下。它终于回到了日夜思念的野马群，并且成了野马群的首领。而它与"小苍蝇"生的那匹小马驹呢，后来到了英国的威尔士野生动物保护区，成了杰米森教授的孙女基蒂的又一个好朋友。

（陈殿兴　潘同珑　译　范奇龙　改写）

阅读链接

野马珍贵 —— 沈石溪

　　《奇异的蒙古马》是一部具有世界声誉的优秀动物小说。讲的是一匹名叫塔赫的珍贵蒙古野马，被人类捕捉，身不由己，被运送到遥远的英国威尔士野生动物保护区。塔赫思念自己的故乡，屡次试图逃跑。为了让小公马塔赫能在新环境中安下心来，人们为它挑选了一匹名叫"小苍蝇"的母马做伴，以为塔赫有了伴侣，就会乐意在此安家。但人们想错了，野马向往自由、渴望回到故乡的愿望是无法改变的。中国古代就有"胡马依北风，越鸟巢南枝"的诗句，很多动物都跟人一样，热恋自己的故乡。小公马塔赫面对优越的生活环境和美丽的伴侣，不为所动，仍不顾一切朝着故乡的方向奔逃。母马"小苍蝇"被塔赫渴望自由、不屈不挠的精神所感动，也追随着塔赫一起逃亡。它们历经艰辛，冲破电网，用马蹄在石墙上踢出一个窟窿，绕过人类的阻拦和追捕，穿越法国、意大利、奥地利，一直逃到匈牙利。不幸的是，由于受了伤，它们在匈牙利被一个流动马戏团抓住。但向往自由和思念故乡的心是无法被囚禁得住的。终于有一天，它们逃出人类设置的罗网，摆脱人类的跟踪和监视，回到了日思夜想的蒙古荒原。在广袤的蒙古荒原，"小苍蝇"产下一匹小马驹，却因为之前肚子受过伤而身亡。最后，塔赫战胜了另一群野马的首领，成了一群蒙古野马的新首领，带着那匹小马驹，过上了自由自在的生活，成为大自然中真正的蒙古野马。

小说的结构，有点像西方文学曾经颇流行的流浪汉小说，也有点像探险小说，一路流浪，一路探险，面临种种坎坷，冲破种种障碍，终于到达理想的彼岸。

作家用饱含激情的文字，歌颂向往自由、向往幸福，面对苦难命运永不屈服、永不妥协的奋斗精神。故事一波三折，命运跌宕起伏，情节扣人心弦，具有很强的艺术感染力。

《奇异的蒙古马》虽然是部虚构的动物小说，但故事发生的背景却是人类社会的一段真实的历史。1879年，俄国探险家普尔热瓦尔斯基在蒙古西部科布多郡首次发现蒙古野马，所以蒙古野马也被称作"普氏野马"。当时人们普遍认为世界上已经没有野马了，所以这一发现立刻引起轰动。各种名目的探险队打着科学考察的幌子涌进蒙古荒原和我国新疆、内蒙古地区，野蛮捕捉珍贵的普氏野马。但这种蒙古野马性格刚烈，宁可在奔逃中吐血而亡，也不愿束手而擒，他们只能捕捉尚未成年的小马驹。几年间，人们共捕获约一百匹小马驹，在运往欧洲的途中死亡一半左右，只有大约五十匹小马驹被运送到俄、英、德、法、葡等国。

由于狂捕滥杀，普氏野马濒临灭绝。1967年人们最后一次在蒙古草原看见野生普氏野马，从此再无野生普氏野马的踪迹。普氏野马被联合国教科文组织编入"野生状态已灭绝动物名录"。那些被运送到欧洲各地的小马驹，恰逢第一次世界大战和第二次世界大战期间，人们自顾不暇，哪有心思去照看这些野马？到了1945年，欧洲各地农庄、动物园和动物保护区里，仅剩十匹普氏野马（三匹公马、七匹母马）。一个珍贵物种即将在地球上消失，这才引起人们的重视，人们采用各种办法让普氏野马繁衍生息、种群复壮。二十世纪八十年代末，中国启动"普氏野马返乡野化工程"，斥巨资从欧洲分批引进一百七十多匹普氏野马，在新疆、青海、内蒙古和甘肃建立"普氏野马繁育研究中心"，经过近三十年的精心饲养，普氏野马在我国已成功繁育出两千多匹，野化实验也取得成功。如今，在新疆准噶尔盆地、青海可可西里自然保护区、内蒙古呼伦贝尔草原、甘肃河西走廊都能找到普氏野马矫健的身影。本将灭绝的蒙古野马奇迹般地有了生机。

象倌和战象

[越南] 武雄

一

一九四二年夏的一天，林子里没有一点风，空气闷热难耐。

老挝达堪村的卡族老人伦大爷坐在屋里，一会儿看看天空，一会儿又看看躺在地上的狗，自言自语道："天这样闷热，可要刮大风啦！"

这时，拴在象场木桩上的大象们，不时翘起鼻子吸空气，一只跟着一只吼叫起来。

老人又嘟哝道："大象吼叫，天要下雨啊！"

说着，老人站起来取下插在竹竿上的牧杖，走到楼梯口大声喊道："迪克！迪克！"

迪克是他的小孙子，这时正在林子里与他的朋友斯龙一起玩。听到伦大爷叫，迪克立即赶回来。伦大爷把牧杖递给他："快把里克当赶回来！"

里克当是伦大爷驯养的一头家象。迪克一口气跑到象场，骑着它跑回家。大风来了，电光闪闪，雨像瀑布似的倾泻下来。

山顶上一声巨雷，接着是隆隆的倒塌声，夹杂着树木咔嚓咔嚓的折断声和野兽的惊叫声。山崩了！

伦大爷和迪克走到竹竿前往外看。他们借着电光，看见巨石、树木沿着半山腰上的一条大路翻滚下来，发出惊天动地的响声。而在这杂乱的响声中，好像有一群野象在惊叫。

村头的一户人家中响起了铜锣声。接着，从许多户人家中传出的铜锣声在风中回荡。这是达堪村人互相传报附近有野兽的信号。

野象群越来越近了，人们已听清它们嘶哑和野蛮的吼声。不一会儿，村边响起了它们嗵嗵的脚步声，可以隐约看到一只只高大的灰溜溜的大象在奔跑，像巨大的山石在黑夜中翻滚。不久，它们的脚步声在风声中渐渐远去了。

过了好一会儿，伦大爷和迪克又听到踩在水里的沉重的脚步声，一只象正走进村。它不时停下，在湿漉漉的地面上晃着鼻子寻路。

失群象！伦大爷高兴地紧抓着孙子的肩膀，欢叫起来，然后像松鼠一样迅捷地来到铜锣跟前。迪克不等爷爷吩咐，便跑去拿犀牛皮绳，把棚门打开，解开里克当。

爷孙俩爬到了里克当的背上。里克当冲村口疾跑，不多久，就追上了那只失群象。这是一只漂亮的象娃，长着三四寸的牙，个子却跟一只快到干活年龄的公象差不多。也许是被刚才的落石打伤的缘故，它拖着后腿一瘸一拐地跑着。

天空闪起一道电光，伦大爷借着亮光，抛出套索套住了野象的后腿。

野象一股劲地向前奔跑，伦大爷翻身跳到地面，放开长绳很快地在一棵大树上绕了几圈，又熟练地打好了木桩，把绳头拴在桩上，然后爬到里克当的脖颈上，来到野象身边。小野象后退几步，放声呼唤同伴，可是它的同伴已经消失得无影无踪。里克当前进一步，心疼似的用鼻子在野象的背上轻轻地拍几下表示安慰，然后用头把它顶向一棵大树，又敏捷地用鼻子压住它的鼻子。这时刚好有三四个象倌骑象冒雨赶来协助，大伙用几捆绳子把颤抖的小野象紧紧绑在树干上。

暴风雨给迪克爷孙俩送来了小野象，这使迪克和伦大爷心里乐开了花。为了纪念这一特殊事件，迪克就给小野象起名叫"洛龙"，老挝话的意思是"暴风"。他们准备驯化这只小野象，让它顶替老象里克当的工作。

二

驯化小野象的工作开始了。起初，伦大爷爷孙俩和斯龙骑着里克当给小象扔下一棵棵剥了皮的芭蕉秆和一把把青嫩的虎尾草，小家伙不肯吃，后来饿得受不住，才用鼻子将草送到嘴里，慢慢咀嚼。

伦大爷每天还骑着里克当走近小象，让里克当用鼻子按住小象的鼻子，迪克和斯龙给它的伤口上药。待小象脚上的伤好了以后，他

们才在别的家象的帮助下，在小象的后腿上套上铁链，然后给它解了绑。

从此，洛龙同达堪村所有的象一样，整天摇摇摆摆地站在木桩旁。但是，有时它一根草也不吃，像岩石一般站着，有时朝着森林凄惨地吼叫，吼够了，就低下头去嗅木桩。嗅不到老林的野气，它就野性发作，甩鼻子打人，打不着便愤怒地呼呼喷气。

一天，迪克和斯龙正在家里烧饭，突然听到象场上有急促的脚步声和喊叫声："象跑啦！象跑啦！"两人急忙跑去，看到洛龙挣脱了铁链，眼睛血红，正甩着鼻子疯狂地追打着伦大爷。伦大爷在丛林中穿来穿去，拉开同洛龙的距离，然后设法跑近里克当。里克当焦急地打转转，想挣开铁链去救主人。

迪克飞快跑回屋里，取下插在竹竿上的梭镖跑出去。洛龙毫不畏惧。它看不起迪克小小的身子和他手中单薄的梭镖，像山崩滚下的石头一样，蹿向爷孙俩。幸好斯龙这时在灶膛里抓来一把正在燃烧的竹柴，猛地扔过去，才使洛龙惊慌地跳过一边。等洛龙镇定下来，要继续逞凶时，十多个象倌已经骑象赶到。顷刻间，洛龙被困住，最后被家象用鼻子锁住了鼻子和四腿。

按村里的规矩，伤人的象要受罚。于是，象倌们让家象们一只接着一只上前用鼻子抽打洛龙。洛龙开始想反抗，但全身被锁住动弹不得，于是就一声不哼地承受了。

看着洛龙挨打，伦大爷和迪克、斯龙都十分难受。他们眼泪汪汪地一再请求饶恕洛龙，象倌们才同意让伦大爷给洛龙套上新的锁链，然后由家象们把它押回村去。

一路上，迪克踮起脚，小声地向洛龙说："洛龙，你要听大伯们的话，不许打人了。没有谁对你狠毒，你干吗要打人？"说着，用小手抚摸着它被打得伤痕累累的胸部。

几天后，洛龙的伤口痊愈了。伦大爷他们一边给它扔饲料，一边

大声叫"洛龙""洛龙",让它听惯自己的名字。同时他们还给洛龙唱《哄象歌》。

开始,洛龙很不耐烦,同别的野象一样,它闻不惯人的气味,听不惯人的声音,因而老是瞪眼睛吓唬他们。有时它还发脾气,用鼻子啪啪地打着地面。但三个月以后,它开始竖起耳朵听自己的名字了,于是伦大爷决定接近它。

一天,伦大爷让迪克和斯龙骑着里克当站在洛龙旁边,他一手拿长矛,一手提着一桶盐水,眼睛盯着洛龙,一步步走过去。洛龙见伦大爷走近,便紧缩身子,扬起鼻子,准备逞凶。迪克紧张地注视着爷爷的脚步,随时准备把里克当赶过去。这时,其他象倌已经骑象来到近旁,准备保护伦大爷他们。

伦大爷吆喝洛龙。洛龙仍然不肯放下鼻子。老人毫不畏惧地前进,洛龙便以惊奇的眼光望着他。突然,老人用矛头轻轻地刺了它鼻子一下,它低吼一声,后退几步,耷拉着鼻子,恐惧地看着伦大爷。老人把水桶放在它面前,大声说:"喝吧!可好喝呢!"

洛龙用鼻子吸了一下盐水,连忙抽着鼻子呼呼地喷出。但它又吸了一下,这回,它眯着眼睛看老人了。随后,它每吸一下,就扬起鼻子在老人面前晃来晃去。

伦大爷让迪克和斯龙给洛龙送水。洛龙等他们走近,便调皮地用鼻子向他们喷水。他们和洛龙很快成了朋友。于是,伦大爷认为可以训练洛龙了。

按一般习惯，在开始训练时，象倌总是要用一块烧红的铁，在象耳后烧成个伤口，让它终生带着，以便在它野性发作时，可以用牧杖去刺这个伤口。但伦大爷不愿这样做。他跟迪克和斯龙说，只会使用牧杖的象倌不是有本领的象倌。牲口也像人，你亏待它，它就恨你，你对它好，就比铁链和牧杖更能约束它。如果对牲口缺乏爱怜心，象倌会徒劳无功。

伦大爷先训练洛龙驮人。他们在象背上放一块木头。开始时洛龙不习惯，老想把木头甩掉。后来慢慢习惯了，他们又给它装上三四百公斤的重物，然后是六七百公斤……等它驮惯了，他们爷孙才骑到它的头上。

在训练中，洛龙显得很聪明，很快就熟悉了跪下、起立、向左转、向右转的口令。如果它做错动作，伦大爷就骂它，做对了就给它重赏。

经过一年的苦练，它熟悉了一切口令和动作，被大家承认是一只成熟的公象，和村里的家象没有什么区别了。两年后，它已经学会了拉木头、开坡地，各种活也干得很熟练了，它由于劲头大，独自就能完成两个好木工的工作量。

三

洛龙成长了，迪克和斯龙也逐渐长大了。伦大爷的身子骨却越来越差。有一天，他暗自思忖：该给迪克一根牧杖了。因为对于大象，牧杖是主人权威的象征，对于象倌，有了牧杖，才能单独赶象去干活。

伦大爷想了几个晚上，最后决定按规矩交给村长三块银圆，并摆一席酒请象倌们。最后迪克还要通过考试，才能成为真正的象倌。

主考官是村里年纪最大的巴大爷。巴大爷给迪克三个月的准备时间。

三个月很快过去了。那天早晨，听见铜锣声，差不多全村的人都来到象场，观看迪克应试。因为一个小孩接受象倌考试在村里是破天荒第一次。

巴大爷考试的第一个题目是让迪克给一只肚子痛的象治病。迪克细心地观察病象，注意到象身上的污泥和血迹，很快就猜出病因：这只象在泥潭里打滚，被蚂蟥咬得伤痕累累，还吞下蚂蟥，所以现在肚子痛，恶心要吐。

他把自己的看法说了，随后又飞跑到象倌们种的药园中摘了十个马登果，捣碎，挤了满满一瓶果汁，跑回象场，灌进病象的嘴里。不一会儿，象胃连连收缩，吐出一堆带血的草。

成功了！孩子们欢叫起来，象倌们挥动牧杖放声大笑，表示庆祝。

巴大爷考试的第二个题目，是要迪克让洛龙跟在村里出名的一只顽象同拉一块很大的木料。结果洛龙使顽象乖乖地与它协作。

巴大爷最后声音洪亮地宣布，只要迪克再弄到一条野牛皮作为狩猎绳，村上就发给他牧杖。

为了弄到野牛皮，巴大爷常把小伙子们带到咸土丘。这里是野牛的天下，它们赶走别的野兽，独霸这个地方。

正好远处就有一只野牛，正在咸土丘旁吃草。巴大爷取出灰袋子，弹了弹，确定风向，然后小声下令象队散开，从野牛的背后迂回包抄，杀野牛是迪克的任务。

野牛大概是嗅到了异常气味，突然抬头，仰起身子。

洛龙学着巴大爷的象的样子放慢脚步。迪克心跳得厉害。伦大爷鼓励道："别害怕！它逃不出你的手掌心。让洛龙冲上去，准能撞破它的胸部。"

野牛发觉了洛龙，拔腿就逃。但手持长矛弩弓的象倌从四面八方驱象冲来，野牛被包围了。

洛龙步步前进，咄咄紧逼。野牛眼睛血红，弯着两只前腿，拉开架势，不知是要逃跑还是要恶斗。迪克命令洛龙停住，他判断着对方的意图。

蓦地，野牛像离弦之箭，从洛龙面前跑过去，再调转头，撞向洛龙的尾部。形势突变，洛龙从进攻者变成了被攻击的对象。

伦大爷霍地站起身，抽出两根梭镖，准备投掷。但迪克已使洛龙转身，叉开双腿，翘起双牙迎敌。刹那间，只听扑通一声，象牙染上了鲜血，野牛胸部被刺开两个很深的窟窿，躺在地上挣扎。

象队从四面八方涌过来。巴大爷代表全村把牧杖授给了迪克。小

伙子们的欢呼声震动了山林。

于是，十五岁的小迪克就当上了象倌。他选斯龙做自己的助手。

四

一个艳阳高照的中午，突然一阵阵锣声和号角声传遍了达堪村。达堪村人都跑到象场，报讯人说，法国鬼子来了，他们正在放火烧山脚下的达拉克村。

巴大爷下令，派人下山商议组织联防，并派人在村口站岗放哨，提防坏人。

一天，迪克和斯龙站岗时用象抓到一个年轻的陌生人，在他的

身上搜出一个子弹袋、两颗手榴弹、一张盖有红色印章的纸条、一张老人像、一块涂着蓝白红三色的小铁片。他们把陌生人带到巴大爷那里。经过审问，才弄清他是老挝志愿军的联络员，三色铁片是老挝抗战力量的徽章。老人像呢，是达堪村人不止一次听到过的胡志明。他来的目的是建议达堪村人成立一支游击队，一起打鬼子，保卫自己的村子。

巴大爷和村民们慎重商议了好久，决定接受联络员的建议，并请他帮助大家训练。

打那以后，迪克和斯龙老是缠着联络员问这问那：胡志明的故事啦，部队打法国鬼子的故事啦什么的。他们懂得了很多新鲜事儿，并希望能像联络员一样跟随部队转战四方。

恰好，抗战部队的长山连在一次打法国鬼子时经过这里。迪克就把这个念头告诉了伦大爷。

伦大爷非常疼爱迪克，而且在他眼里，迪克是个没出过村、未经锻炼的小孩。但是，为了打鬼子、保村庄，他还是同意了迪克的要求，让他带洛龙一起参加部队。他说：洛龙能帮助弟兄们驮东西，还能和迪克做伴，有了它，迪克会少想些家。

当天夜晚，长山连决定吸收迪克和洛龙。斯龙代替迪克看管里克当，照顾伦大爷的生活。

部队临行的时候，伦大爷哽咽着，洛龙也跪下了。伦大爷用手抚摸着洛龙的头说："洛龙！你要尽力帮助部队，就像帮助我们爷孙一样，他们是不会忘记你的功劳的。不要忘记回村的路。什么时候行军经过这里，记着把迪克带回来。"

洛龙似乎听懂了，轻轻地哼着，把鼻子亲昵地搭在老人肩上。

部队走了两天，斯龙送了两天。洛龙本来就爱自由自在，能这样走远路，当然很高兴。它驮着物资，不时甩起鼻子去嗅背上的两个小主人。但两天后，斯龙要往回走了，洛龙站住不断地吼叫。尽管有迪克在，它也不吃食，有时甚至挣脱了锁链想顺原路跑回。迪克费了很大的劲才让它继续行军。好几天后，它才恢复正常，平静下来。

从此，洛龙背着沉重的钢铁，与迪克一道跟着部队走过一村又一村，进行着极其艰苦的行军。

五

一天下午，余晖未尽，一架敌机发现了小道上移动的象架上钢枪的闪光。飞机俯冲下来，打了一排炮弹，炮弹打在洛龙周围的岩石上，炸声震天，硝烟弥漫。洛龙害怕起来，带着迪克朝树林狂奔。直到深夜，迪克才把它赶回宿营地。迪克遍体鳞伤，衣服破烂。人们从象身上卸下武器时，还发现少了一箱子弹。

于是，战士们中间爆发了一场争论：退还洛龙，还是训练它听惯枪炮声？最后，他们决定用爆竹声代替枪声，来训练洛龙。

迪克会做爆竹。他用苦楝树和蝙蝠屎做了一大堆爆竹，训练就开始了。

这天夜里，迪克给洛龙煮了一锅玉米粥，还准备了两大捆甘蔗。洛龙的四条腿被锁链紧紧地拴在牢固的铁桩上。它见火把熊熊，人们在它身旁忙着，就困惑地望着四周。

第一个爆竹筒炸响时，火光闪闪，炸声隆隆，震撼森林。洛龙非常惊慌，竭力挣扎着要逃跑。可是，沉重的锁链紧紧地拴住了它的腿，它无法挣脱。等爆竹放完了，迪克给大象解开锁链，又送来一桶粥。洛龙呆呆地站着不吃，用恐惧的眼睛盯着象倌。

第二夜、第三夜，训练继续进行。不多久，洛龙习惯了，在轰隆乱响的爆炸声中，它依然听从迪克的命令：跪下、起立、左拐、右转。每次训练后，它都毫无畏惧，把迪克赏给它的食物吃个精光。

第一科目完成后，大家接着又通过训练让大象懂得如何救护伤员、躲避敌机和在象倌选定的安全处避弹。科目的难度越来越大，但由于迪克耐心训练，洛龙渐渐接受了主人所教给的东西。每次听到远处的飞机声，迪克喊"赫宾"（飞机），洛龙便跑到最近的大树下，静静躺着，让迪克用斑纹降落伞布盖住它的全身。洛龙还会用鼻子轻轻地搀扶装扮成伤员的战士走路，或者把他们送到树荫下等人来救护。战士们把稻草编成稻草人，训练洛龙冲杀。他们喊："鬼子！鬼子！"洛龙就在全连人的鼓舞声中冲过去，鼻子一挥，稻草人眨眼间被撕个粉碎。

从此，洛龙成了战象。战士们把它当作战友一样看待，乐意给大象找食物。在长途行军中，每次歇脚，战士们都围着洛龙，一个个恳求象倌迪克让自己爬到大象身上。每到傍晚，人们便跟着洛龙去洗澡，让它喷水。

洛龙受到这样的爱护，不遗余力地工作。在行军中，它要驮运连队的全部粮食弹药。负载虽重，但只要迪克下令跪下，它便遵命跪下让病弱的战士骑上。

它还同战士们一样，也懂得爱护和帮助人。一天，连长老胜到溪里洗澡，突然灌木丛中钻出一只饿虎，舐着嘴唇，死死盯着他。老胜的手枪被放在溪岸上，他不敢上岸。溪面宽，老虎也不敢跳下。人和兽正紧张地对峙着，恰好洛龙经过那里。老胜喜出望外，高喊："洛龙！洛龙！"洛龙立即不顾一切向老虎直冲过去。饿虎眼看失去食物，也恶狠狠地扑来。洛龙平时看着笨拙，这时却变得异常敏捷，忽进忽退，时刻用鼻子和牙对着敌人。老胜乘机很快爬到岸边，拿起枪，在它们对峙的时候，把一梭子弹全部打向老虎。老虎中弹后咆哮起来，疯狂挣扎。洛龙冲上去用象牙一戳，然后集中全身力量，踩在它身上。

待战士们听到枪声赶来，事情已经结束了。洛龙正在坦然举鼻采叶。老胜靠在大象旁的树根上，深深地吸着烟。附近的花草已被踩烂，老虎躺在血泊中。

六

经过频繁的战斗和连续行军，长山连开始休整，补充兵员，开展训练，为投入旱季攻势做准备。

迪克向连首长提出建议，趁此机会，训练一个象倌助手。万一他牺牲了，有人可以接替他管理洛龙的工作。首长同意了，派班长阿全给他当助手。

从此，阿全与迪克一起，辛勤地照顾大象。阿全对大象要求严格，但不发脾气。大象对他是满意的，常常亲切地用鼻子嗅他。迪克看出了阿全是个和蔼、勤奋而严谨的助手，就把伦大爷教给自己的一切传授给阿全，迪克天真爽直和爱护洛龙的心使阿全感动，他把迪克看作弟弟，经常教他读书和学习作为一个战士所需要的知识。

一天晚上，迪克在梦中醒来，发现周围沉寂得有点异样。到拴洛龙的地方一看，洛龙不见了。他急忙回到睡处，一把抄起放在网床柱下的刀子和弩弓，跟着大象的足迹跑到森林里。

他用手在路面上摸索着大象的脚印，跑了很远，但还是找不到大象。于是，他一边走一边尽力回忆近来发生的事情。

最近，连队中有个叫阿玩的战士特别喜爱大象。他往往自告奋勇去给洛龙砍芭蕉树。看着洛龙用鼻子把芭蕉树送到嘴里，吃得津津有味，他的双眼中闪出了快乐的光芒。洛龙跟阿玩渐渐熟了，每次阿玩喂它吃的，它都用鼻子去嗅他，表示亲热。

迪克对阿玩一向没有好感。因为他有一双奸诈的贼溜溜的眼睛，龇着两排尖利的牙齿，而且对任何人都讨好。

迪克还回忆起阿玩想用口琴引诱、讨好他的情景和提出想当象倌的事。他立即断定，正是阿玩解了链，把大象赶走的。因为尽管战士们跟洛龙已经很熟了，但他们总是害怕它那庞大的身子，不敢靠近。拴象的事情除了迪克、阿全，只有阿玩能做。阿玩偷象一定是要投靠法国鬼子。

迪克想到这里，全身热血沸腾。他一定要抓住阿玩。

迪克一路寻找，同时不断在经过的树上，用刀削出记号，以便战友们来援助时可以尽快找到他。

走到第二天傍晚，迪克听到象的叫声。透过树林，迪克终于看见了若隐若现的洛龙。阿玩正在咒骂洛龙，并用枪托打它的头，强迫它快走。从来没有受过虐待的洛龙，发出阵阵怒吼，走几步停一停，似乎对骑在头上的这个人产生了疑惑。

看着洛龙疲劳的样子，迪克知道它已经饿着肚子走了一天一夜了，顿时心中怒不可遏。他轻轻走到离大象不远的上风处，脱下上衣扔到一丛树上，然后隐蔽起来，打算等到天黑再收拾叛徒，因为叛徒手里拿着枪。

大象走近树丛，闻到了主人的气味，停下脚步，大吼起来。尽管阿玩用枪托乱打，它还是一个劲地团团转。它找到了主人的上衣，便用鼻子将它卷起来，高高举起，左右挥动，同时发出阵阵长吼。阿玩害怕了，因为天刚黑，他看不出那件衣服是谁的，只是睁大眼睛，看着眼前飘动的布片。

就在这时，迪克悄悄摸来，举起弩弓，射向叛徒。他射中了敌人的肩膀。叛徒晃了晃，随即镇定下来，朝着射箭方向开枪。子弹在迪克耳边呼啸飞过。

迪克在灌木丛中穿来钻去。叛徒从象身上跳下，趴在地上，选好隐蔽地，向着树叶摆动的地方慎重地用枪单发射击。迪克凭借夜色保护隐蔽在树后，不时还击。

洛龙看着眼前发生的事情，困惑不解。迪克想叫它，又怕它变成叛徒的目标。叛徒还不敢打死洛龙，因为他需要它来继续赶路。叛徒发现只有单箭射过来，知道对手只有一人，而自己手里有枪，占着优势，便开始进攻。

迪克向枪响的地方又射了一箭。那里传来一声呻吟，迪克知道是命中了。他听到子弹上膛的咔嚓声，却不见开枪，就一边转移，一边捡起一块泥土掷过去试探。不见动静，他便欠起身观察。不料叛徒乘机冲过来，举枪对着迪克。就在这时，忽然一个棍子样的东西朝叛徒拦腰砸去。原来是洛龙跑来帮忙，它用鼻子狠揍了他一下。叛徒摔了个嘴啃泥，枪也被甩得老远。

迪克高兴地喊道："洛龙！"叛徒一下子明白了他的对手是谁，正要爬向迪克，洛龙的鼻子已经把他卷住紧紧一勒，猛地抛向空中。等阿全和侦察兵寻着迪克留下的记号跑来时，树林早已恢复沉静。他

们争着搂住迪克。大象却慢慢走来，用鼻子把侦察兵轻轻拨到一边，然后将迪克和阿全先后卷住放到自己头上。

七

不久，迪克与洛龙又投入一场大战。在战斗期间，迪克遇见了卡族的民工队，他们告诉迪克，不久前，达堪村被一支法国"别动队"攻进村血洗过一次，村里很多人牺牲了，也只有包括巴大爷的象和里克当在内的几头家象幸存。伦大爷为了保护村上的男女老少，装作为法国鬼子带路，最后将法国鬼子引向沼泽地的泥潭中，与他们同归于尽。迪克听了十分悲痛。

部队首长决定让迪克回村几天，去料理家事。迪克骑着洛龙回到村里，那里一片劫后的凄凉景象。为了帮助乡亲尽快恢复家园，他找到了巴大爷，建议再来一次猎象活动，他和洛龙去协助乡亲。

乡亲们立即同意了这一建议。巴大爷照例是捕猎的主持人。里克当和巴大爷的大象也参加捕猎。但里克当已经衰老，在敌人的扫荡中受的伤还没有好。因此，洛龙便成了猎象的主力。临行前，巴大爷重提象倌们熟悉的捕猎纪律：不许杀象，不许捕年龄较小的幼象。

拂晓时，他们来到捕猎场。一群野象正在吃草，高高矮矮的，好似一块块黑色岩石。它们有的乱吼乱嚷，有的把草抛向空中。

巴大爷下令象队一字排开，受过训练的家象立即步步逼近。机灵的野象很快察觉了。老母象阵阵吼叫，野象群急忙聚拢，摆开阵势。

老母象眼睛冒火，一步步走过来。随后是一群牙齿尖利的公象，接着是母象和小象，最后是一些殿后的公象。它们冲向家象，要夺路逃进森林。而一逃进森林它们就算脱险了，因为家象驮着人，容易被树枝挡住，进不了森林。

双方默默地凶狠地互相逼近，低下巨大的脑袋，翘起双牙，准备作战。

双方距离越近脚步越慢。只有十多米了，气氛沉默、紧张。突然，老母象卷起鼻子，大吼一声，野象群气势汹汹地冲过来。

巴大爷一声令下，他骑的大象闪到一旁，举鼻护住主人。老母象用鼻子打不着，扑了个空。三头家象也闪到一边，放一群凶恶的公象走。

等到带头象和突击象冲出了包围圈，巴大爷下令打锣。顷刻间，草原变成了战场。人喊声、象吼声、脚步声和践踏树木声响成一片。象鼻横挥竖打，打得树叶乱飞。象倌们稳坐象头上，猛击铜锣。已经突围的野象想回头援救，被包围的想拼命突围。但阵阵锣声却使它们惊恐万分。带头象只好领着公象跑进树林，一边跑一边惨吼。

捕猎者紧追一头肥壮的幼象。这幼象将到做工年龄，牙长五六寸，皮肤绷紧，光滑如油。它被三头家象逼着走进一条狭路后，狂奔起来。蓦地，轰隆一声，它落进了巴大爷他们预先安排好的陷阱。

幼象落入陷阱后，绝望地吼叫着。巴大爷的象和里克当把鼻子伸到坑里，在幼象头上晃来晃去地嗅它。洛龙干脆前腿跪地，用鼻子抚摸幼象的头，发出低沉的声音，亲切地安慰新朋友。

巴大爷期待地看着迪克，请他给幼象起个名字。迪克想了想，给它起名"赛沙那"，老挝话的意思是"战胜"。他希望它能克服一切困难，为重建达堪村出力。

八

安顿好捕获的幼象，迪克与洛龙就归队了。他们随即参加了一场残酷的战斗。

有一次，他们跟着"问候组"在部队前面先走一段，突然被包围了。唯一的办法就是狙击敌人，相持到天黑后进行突围。

阿全下令迪克隐蔽大象，准备战斗。迪克和战士们从洛龙身上卸下武器，各人拿够了子弹和手榴弹，其余的分散隐藏在石缝里。然后他们给洛龙找了个隐蔽的地方。

战斗打响了。他们不到十人，却要对付从三面围攻的大批敌军。

敌人先用大批炮弹轰，接着用飞机向阵地倾泻炸弹，然后步兵发起冲锋。战士们从容地从隐蔽处射击。敌人一个又一个送命，幸存的慌忙退却。

但接着，敌人又组织了第二次、第三次冲击。战士们抛出一批手榴弹击退了他们，可是自己一方也伤亡惨重，加上饥渴疲倦，几乎支持不住了。战斗终于坚持到了天黑，阿全下令撤退。伤员先被送走，他最后撤。阿全刚想迈开腿跑，突然，一块迫击炮弹片击中他的脑袋，他顿时昏倒过去。

阿全醒来时，感到脊椎骨似乎散了架，全身酸痛难忍，但同时又感到有一股暖气拂在脸上。他睁大眼睛，看到一个庞大的黑影，原来是洛龙。他低低地叫了它一声。

洛龙看见阿全还活着，高兴得不得了。它用鼻子轻轻移开压在阿全身上的树枝，又跪下来，用鼻子轻轻地卷住他，将他送到自己的脖子上。

阿全在半昏半醒的状态中，感到大象谨慎地跨过丛林里遍地狼藉的倒树断枝。凭着淡淡的星光，他发现洛龙正在傍晚打仗的阵地上转悠。

突然，他们都发现了在一个深坑中直挺挺地躺着的迪克。洛龙一阵悲吼。一束子弹立即向他们飞来。

洛龙似乎也明白刚才做了件蠢事，便用鼻子轻轻拍打阿全，看他醒了没有。阿全命令它跪下，它立即以很轻的动作跪下，然后用鼻子扶他下了地。阿全拿出最后的力气，爬到迪克身边，见迪克全身血迹斑斑，一只胳膊已经折断，耷拉在胁边。身旁的手榴弹箱中手榴弹一颗不剩，邻近则躺着敌人的几具尸体。可以想象到，迪克是用手榴弹反击敌人冲锋，掩护战友撤退的。

阿全急忙把手指放在迪克的鼻子前，迪克已没有呼吸。他正悲痛欲绝，想用手摸摸迪克那张可爱的脸时，忽然洛龙用鼻子挡住了他的

手，好像不满意，接着又用鼻子推推阿全。

阿全低下头，仿佛听到迪克胸中有很轻的心跳。他乐坏了，赶忙用身上带着的一卷降落伞带把迪克绑在背上，爬到象旁。洛龙用鼻子将他们送到自己身上，巧妙地避开敌人，最后终于遇到了奉命来找迪克和阿全的战友，他们回到了连队之中。

九

迪克回到自己的队伍以后，由于伤势严重被送进了医院。阿全代替迪克管理洛龙。

洛龙多年以来第一次不服从命令了。它四腿叉开，大耳朵耷拉着，平时机灵的眼睛好像蒙上了一张灰纸，活像一块大石头静静地站着。阿全或严厉地下令，或亲切地哄它，它都纹丝不动。它跟迪克太熟太好了，不可分离。

洛龙开始不吃东西。面前的蜜草垛不断堆高，它也不肯用鼻子去碰一碰。战士们一给它解链，它便沿着抬送迪克去住院的路跑，阿全好不容易才让它折回。才几天，它就瘦了很多，胯骨突出，皮肤上的皱纹让它看上去简直像一头老象。

阿全没有了办法，就去找连首长。连长为了决定洛龙的去留，举行了一次专题会议。最后，连长和指导员做了决定，应该把洛龙带走，日后，它将会逐渐忘却悲伤，为部队翻山越岭的艰苦行军贡献力量。

部队派侦察员到附近的老挝人的村寨中请来了一位在打法国鬼子时负伤复员的象倌。最初，洛龙说什么也不服从新来的老象倌的命令，甚至凶狠地反抗。后来，老象倌耐心地照顾它，说话温和，有时还唱伦大爷和迪克从前常唱的那支《哄象歌》，洛龙才好一点。可是，它仍不如过去那么老实。它常常闹别扭，有时更像一头野象，乱吼乱叫，嗵嗵地跺脚，还举鼻吓人。

洛龙连接几个月不肯驮东西，老象倌没法了，只好决定在它的耳后烧两个伤口。烧伤口的时候，洛龙发出一声撕肝裂肺的吼叫，把链子挣得当当嘟嘟响，战士们都扭头望向别处。

十

从那以后，洛龙继续跟着长山连转战各地。它始终辛勤地帮助驮运沉重的物资。不同的是，它完全失去了原先的活泼，郁郁寡欢，除了工作外，对什么也不感兴趣。它参加了多次大仗，多次挂花，但又很快复原。

连长阿胜被提拔为副营长。他特别关怀洛龙，常常像看望朋友一样前来看望大象，亲自给它喂食，给它配盐水喝，和它一起洗澡。洛龙挂花时，他还同老象倌和阿全一起，给它洗伤口，敷草药。

半年后，迪克出院归队，他失去了一条胳膊。将到宿营地时，洛龙老远就嗅到了他的气味，急忙发出阵阵欢乐的吼叫。迪克来到大象身旁，它把鼻子放在迪克肩上，表示亲昵，双眼发出愉快的光芒。

一看见大象耳后敷着草药的两个伤口，迪克心头一阵绞痛。他揭开草药，见伤口已经愈合，大概不痛了，但他的眼泪仍不住簌簌地流。老象倌难为情地望着迪克，最后把牧杖递给他，态度亲切，像是搂着儿子，语言却是郑重的：

"老弟，这头大象舍不得离开你，所以性子暴烈。我又是新来的，它硬是不听传唤。近来它已经被驯服了，两个伤口正在愈合，不久就会好的。"

迪克郑重地接过牧杖，恳求把洛龙留在长山营里。营长同意了。从此，洛龙又顺从地跟着迪克走遍了各处山林。它又变得年轻了。它参加了几乎所有的战役，立了很大的战功。至于迪克，这个长山营中受人爱戴的象倌也获了奖。

（范奇龙　改写）

阅读链接

战象威武 —— 沈石溪

战象在人类的印象中，永远是高大威猛的形象。

人类驯养大象的历史最早可追溯到公元前三千五百年左右，据文献记载，古埃及人就已经开始驯养大象。人类最初的想法就是用驯化象来替人们打仗——大象体形庞大，力大无穷，且有长鼻可以抽打，有长牙可以捅刺，有象蹄可以踩踏，在冷兵器战场上占有优势。公元前三世纪晚期，迦太基名将汉尼拔率领军队及受过训练的一群大象，历时数天翻越阿尔卑斯山，攻打并重创罗马城。我国在商朝时期，就已经将大象编入作战部队。

现存的象仅有两种：非洲象和亚洲象。亚洲象亦称印度象。非洲象产于非洲的热带森林，亚洲象生活在印度、越南、柬埔寨、缅甸、泰国、巴基斯坦、马来西亚、老挝、斯里兰卡、印度尼西亚和我国的云南等地。非洲象体形较大，最大的雄象可重达七吨，体高超过三米半，鼻端有两个指状突起，雌雄均有发达的象牙，耳大，呈三角形，性情较暴烈，不易驯服。亚洲象略小，最大的雄象体重约五吨，鼻端有一个指状突起，仅雄象具有发达的象牙，背脊稍隆起，耳朵较小，呈方形，额部两侧有两个鼓突，被称作"智慧瘤"，聪明温顺，较易驯服。

事实上，几乎所有的战象、工作象、表演象都是亚洲象。

《象倌和战象》就是一篇描写亚洲战象的动物小说。

故事发生在越南抗法战争期间。一头小象被精通驯象技艺的当地山民抓获，被成功驯化成工作象，名叫洛龙。十五岁的小主人迪克因驯象成功，被破格授予"象倌"荣誉称号。因战事需要，迪克带着大象洛龙应征入伍，在密不透风的热带雨林里，在烽火连天的战场上，洛龙凭借强壮的体魄和聪慧的头脑，屡建奇

188

功，小主人迪克也经历了血与火的考验。

武雄是越南当代作家，以写战争题材为主，在越南有很高的知名度。武雄出生在越南乡村，熟悉东南亚地区的热带雨林，据说还亲自驯养过大象。应该说这是一篇写得很成功的动物小说，把小野象开始对人的排斥和抗拒，逐渐习惯与人共同生活，慢慢服从主人调教，最后与主人生死相依、浴血奋战的过程完整而又清晰地呈现在读者面前，细节真实而精彩，形象而又生动地再现了战象威风凛凛的迷人丰采，将波澜壮阔的战争场面和缠绵悱恻的人象情谊融合在一起，具有很强的知识性和可读性。

能与人类同仇敌忾并肩作战的动物，数来数去也只有两种——马和象。马被冠以"战马"的称号，象被冠以"战象"的称号。全世界范围看，写战马生活的小说很多，但写战象生活的小说却凤毛麟角。描写战象生活，无疑拓宽了动物小说题材的范围，具有不可替代的史料价值和文本价值。

大象表面上看起来好像很迟钝、笨拙，其实它们却十分机灵，且记忆力惊人。经过训练，象可以学会不少技艺，如摇铃、推车、投篮、踢球、跳舞等，成为最温顺、最听话的动物。驯化后的大象不仅可被用于作战，还能出色完成狩猎、搬运、杂技、礼仪表演等工作。在东南亚的崇山峻岭中，直至今日，大象在驭象者的指挥下，仍在伐木业中充当役畜。在印度，象被作为重要的礼仪用动物。

据资料记载，大象在我国古代分布极广，南至粤闽地区，北至黄河流域，都有大象的踪迹。唐朝时期河南还曾出现过野生大象。但到了今天，我国只有在云南才能看见野生大象了。统计表明，全世界现在仅存大约四十万头野生大象了。

　　保护大象，刻不容缓。

狗妈妈的羊女儿

［波兰］扬·格拉鲍夫斯基

马路对面，几乎就在我们的正门前有一座花园，其中有一间小屋，这是平平常常的小屋，既不丑也不美。为什么它老是关着门，真叫人捉摸不透。但不知何故，无论谁搬进这间小屋，最多住上半年，就会离开我们这座小城。

邮递员波漂莱克先生是这间永久关着的房屋里唯一的长期住户。他占用了两个极小的房间。他是个鳏夫，抚养着一对孪生女儿——佐西娅和维西娅。两个女孩极其相似，以至于我只能根据她们小辫子上扎着的颜色不同的丝带才能把她们区别开来。她们有点像两只浅灰色的小猫，两人都显得老成持重，很少说话，要说总是一起说。她俩在散步的时候往往带着一只黑色的小绵羊，用一根红绳子牵着，那只羊名叫小珍珠。

小珍珠简直不像一只羊，因为它聪明过人而且非常忠诚。至少小姐妹俩是这样说的。我得承认，黑绵羊确实与姐妹俩形影不离，她们一叫它的名字，它就会咩咩地叫。然而它毕竟还只是一只绵羊，羊就是羊。它用那双无精打采、多愁善感的眼睛审视世界。但是，在我看来，小绵羊的这一点才是波漂莱克家两姐妹最喜欢的。

"它是那么温顺！"佐西娅称赞道。

"又是那样亲切！"维西娅又说。

怎么样？太妙了！小姐妹俩与她们温顺的小绵羊相亲相爱——这就足够了！

不知何故，两个小女孩及她们的绵羊有好几天没有在街上出现。听说小珍珠病了。一天午后，姐妹俩突然向我的花园飞奔而来。她们俊俏的脸庞带着泪痕，眼中噙着泪水，下巴不停地颤抖，以致一句话也说不出来。

"发生了什么事？"我问。

"哎呀，扬叔叔！"佐西娅哽咽着。

"太不幸了！"维西娅跟着说。

接着两人就泪流满面，哭成了泪人。

我竭力安慰她们，给她们每人一块糖——不起任何作用，我又给她们第二块——却无济于事。直到当我用樱桃酱招待她们时，我才弄明白是怎么回事：小珍珠死了……

"亲爱的，我无能为力，"我说，"一点忙也帮不上。"

"那标记怎么办？"维西娅问我，接着又哭起来。

"是啊，标记怎么办？"佐西娅边哭边说。

"还有什么标记？"我感到惊讶，"我一生中从未听说过什么标

记！"

原来是这么回事：小珍珠已经有了个女儿，和它妈妈一样，也是黑色的，两个女孩给它起了个名字，叫标记。标记出生才只有三天，就再也不能吸到乳汁了。

一般说来，只能这么办：与标记告别……

我坐下来考虑该用什么方法来帮助这两个痛哭流涕的小姑娘。我突然想到了我们的狗——忠诚，于是对姑娘们说："把你们的小孤儿拿到这里来。忠诚是一条善良、大度的狗，它现在正在给自己的狗崽喂奶，也许它会把你们的标记接纳为自己的家庭成员。让我们试试看！"

姐妹俩感到惊讶，瞪圆眼睛望着我，直发愣。

"把我们的标记交给狗？"佐西娅感到委屈。

"放到狗窝里去？"维西娅耸耸肩膀，也有同感。

"要么放到狗窝里去，要么我什么忙也帮不上，"我简单地回答，"你们的标记算什么了不起的人物？怎么就不能成为我们忠诚的养女？如果所有的人都像这条狗一样有一颗金子般的心就好啦！"

两个小姑娘相互交换了眼色，想了想，二话没说就往家里跑。

她俩很快就回来了。

"给。"维西娅一面说，一面打开一张老羊皮。

那里面是一只小羊羔。

"羊皮是标记的褛裸。"佐西娅向我解释。

"为了能让它在狗窝里感到温暖。"维西娅补充说。

我们带着标记及襁褓向狗窝走去。我呼唤忠诚，它走出窝来，以忠实的目光望着我，但尾巴却摇摆得很急促。

"主人，有什么重要的事快说吧。"它仿佛在说，"你是知道的，我窝里还有个婴儿呢，一分钟也不能撇下它不管。"

我把老羊皮里的标记放在忠诚面前的地上。小羊羔非常虚弱，无法站立。

"这是自己人，"我对忠诚说，"是自己人，亲爱的！"

"是啊，我怎么能不怜悯这软弱无力的小生命？"狗用诚实的目光回答我。我的忠诚小心翼翼地咬着小羊羔的后脑勺，把它带回自己的窝中。

波漂莱克家的两个小姑娘被惊得目瞪口呆。当她们回过神来之后，这才拿起羊皮，一下子爬进狗窝。

"你们就别添乱了，"我对姑娘们说，"看来，忠诚用不着你们的羊皮，它懂得如何教养自己的养女。"

两个女孩拿着羊皮在狗舍前伫立了好久，这才离去。

但是，从那以后，她们每天都要数次光临我们的院落。她们时常给忠诚带来好吃的，一声不响地把它们放进狗食钵中，然后就在狗舍前蹲下，但总看不见标记：狗窝里很暗，标记又是黑色的，何况它又不会把鼻子伸向亮处。她们只是偶尔看见从狗舍里露出的一个深棕色的笨头笨脑的小家伙——忠诚的小崽子，毛茸茸、圆滚滚的，像只长毛绒制成的小熊崽。姐妹俩为它取了个名字，叫米什卡。米什卡也不想爬出窝来。在这样的季节，世界上的一切都很乏味：雨下个不停，寒气透体。早春时节往往如此。

太阳终于露面了，两个小姑娘恰巧在狗窝附近转悠。突然，我听到她们大声叫喊："就是它！就是它！我们的标记！我们的标记！"

只见一个毛茸茸的小球艰难地"滚"过狗舍高高的门槛——这是米什卡，它一出来就坐下，打了个哈欠，随后又爽爽快快地打了个喷嚏。标记跟在它的后面跳出来，它在狗舍前站定，抖动一下身子——我简直惊呆了——突然朝地上一坐，活脱脱像条狗，您瞧瞧！

米什卡开始漫游院落，标记紧随其后。米什卡坐下，它就站定；米什卡向前冲，它就奔驰而去；米什卡爬进水洼，标记就啪嗒啪嗒地在水中行走；全身湿透的米什卡哭了，标记也跟着哭，尽管它身上一点也不湿。真是怪事！

两个小姑娘对这一切都极不喜欢。为什么？首先是因为我不允许她们把米什卡和标记抱在手上。我舍不得吗？当然舍不得。因为它们还很虚弱，姑娘们稍有不慎，就会给这样的小不点造成终生残废。要知道，这是动物，而不是玩具，对吗？

我向姐妹俩解释了。但是，我的话显然未能使她们信服。

两个小姑娘生气了，于是就不再踏进我们的院子。没过多久，她们就到乡下的婶婶那儿去了。

我却为此而高兴。为什么？可以告诉你们——我越来越自信，标记一点也不像自己的妈妈黑珍珠：既不温顺，也不亲切。

总而言之，它的举动丝毫不像绵羊，不像两个小姑娘所希望的甜蜜的小羊羔。标记被狗同化了，彻底地、不可逆转地被狗所同化！

你们也许会问，"被狗同化"是什么意思？是这样的：它的行为表现与狗一模一样，活像它的养母忠诚以及它的同乳兄弟米什卡。

米什卡做什么，标记也做什么。米什卡追赶母鸡，标记也去追。米什卡经常遭到白公鸡的申斥，标记也跟着遭殃。米什卡跟鸭打架，标记就把鸭赶出洗衣槽。米什卡跳起来捉麻雀，标记就去捉蝴蝶。它们同睡一个狗窝，同去池边游玩。它们一起在院子里奔跑，围着圆柱做"8"字形游戏。还有，它们同样都可以飞快地逃避我们家的卡捷琳娜的扫帚的追击。

只有一件事才能把它们区别开来，那就是饮食。固然，标记也会把鼻子伸向狗食钵，但它不会喝粥。然而，当标记啃吃青草或咀嚼干草时，米什卡就吃惊地把眼睛瞪得大大的。它惊讶不已：它亲爱的标记竟会吃这种讨厌的东西。

有一次，我给标记买来羊喜爱吃的美食——一块盐巴，把它放在筛子里，再搁到庭院中。标记的舌头立刻忙碌起来，不停地舔着盐巴，简直像一台转动着翼片的风磨！你们大概从未见过类似的情况。米什卡发现后就怒吼起来，汪汪乱叫，然后推开标记，一下子叼起盐巴！突然，它鼻子里发出呼哧呼哧的声音，接着就开始打喷嚏、吐唾沫，在青草上揩舌头。从此以后，每当标记舔盐块，米什卡就恶狠狠

地看着筛子和标记。

"真倒胃口！"米什卡嘴一撇，远离那祸害。

但是，别以为标记和米什卡的口味总是各不相同。我们的院子里有一块被啃得干干净净的骨头，上面没一丝肉的气味——这不过是狗的玩具而已。如果院子里没有任何有趣的东西，为了消遣，所有的小崽子都会去啃啃它。有一次，米什卡和标记正是为了这个玩具打了一架，那是真正的搏斗，结果是米什卡哀号着爬入狗窝，标记则叼着骨头在院子里奔跑了好一阵子。

从那时起，每当标记和米什卡一起奔出大门朝着路人狂吠时，我也就不奇怪了。也许有人会问：怎样"狂吠"？是这样的：就像大喇叭发出低音一样。

我的侄女克里西娅教会米什卡用后腿站立。不久，标记也开始用后面两只脚走路，简直像个芭蕾舞演员。标记还会抬起前腿要东西，动作甚至比米什卡更灵活，干得更卖力，而米什卡则很懒惰，什么事都不想好好干。

暑假已结束，两个小姑娘从农村回到了家。当天，她们就过来看望标记，了解它的生活情况。

大门一开，她们就收住了脚步。首先见到她们的是米什卡，它一面叫，一面扑向她们，标记紧跟其后。两个动物围着两个可怜的女孩上蹿下跳。她们站着不敢动弹，面部带着尴尬的微笑。

我应声而出，递给两个小姑娘每人一块盐巴。

"向标记问个好。"我说。

标记闻了闻盐块，立即用后脚站立起来，摆动着前腿要东西。

姐妹俩哈哈大笑！

"像狗！像狗！"两人大声说。

然而，佐西娅突然严肃起来："只是我们的标记不再像它妈妈了。"

维西娅也这么认为："它不像真正的羊崽那样温顺、亲切。"

"那又怎么样？"我问，"难道你们就会因此而不喜欢它啦？"

佐西娅沉思片刻。

"就听其自然吧。"她喃喃地说。

"这样我们也会喜欢的。"维西娅附和道。

这两个小姑娘既可爱，又聪明，对吗？

就是在这一天，标记搬进了自己的新居。它在那宽敞无人的院子里过得多么快乐啊！

波漂莱克家有一只会抬起前腿要东西的羊，这则消息在城里传开之后，人们就络绎不绝地来到这座院落。要知道，大家都想见见这个稀奇的动物。因此，两个小主人感到非常自豪：她们有只完全像狗的羊！

（傅俊荣　吴文智　译）

阅读链接

金子般的心肠 —— 沈石溪

扬·格拉鲍夫斯基是波兰著名作家，一生写了许多关于动物的小说，多部作品被译成不同文字在许多国家出版发行，在世界上颇具影响力。他最有名的一部短篇动物小说集叫《乌鸦天使》，《狗妈妈和羊女儿》就选自其中。

扬·格拉鲍夫斯基的动物小说取材于和人类生活关系密切的动物，比如马、牛、羊、狗、猫、驴、麻雀、寒鸦、松鼠等等，他很少写凶猛的大动物。他的作品最为人称道的特色是柔情似水，诙谐幽默，写人与动物之间、动物和动物之间那种感人肺腑的友谊，用一支牧笛为可爱的小动物吹一支抒情曲。

《狗妈妈和羊女儿》讲的是一只失去了妈妈的小羊羔的故事。小羊羔的主人为了让小羊羔能活下去，给小羊羔找了一位膝下有一只狗崽的狗奶妈。在食物的诱惑下，羊羔钻进狗窝，与狗崽一起生活。狗妈妈对羊羔和狗崽一视同仁，羊羔和狗崽成了同乳兄弟。令人惊奇的是，羊羔的行为越来越像一条狗，会追逐打闹，会向陌生人大声叫唤，完全不像绵羊了。

在这篇小说中，没有生死对决，没有弱肉强食，作家写小动物的日常生活写得很轻松，体现了其一贯的写作风格。虽然没有曲折离奇的故事，但平淡中见真情，平凡里现伟大。一只母狗，还是在哺乳期的母狗，能克服物种之间的隔阂，接纳一只孤苦伶仃的羊羔，把羊羔养大，用"伟大"这个词来形容它不算过分。就像作家自己说的那样，许多动物身上都具有"金子般的心肠"。小说除了刻画母狗跨越物种的无私的母爱，还描写了羊羔吃了狗奶后行为上的有趣变化。民间有句老话：吃谁的奶长得像谁。这句话确实有一定道理。对哺乳动物而言，哺乳行为绝非单纯的喂食，也是一种情感的培养和联系、身心的交融与趋同。作家其实是在用小羊羔行为的变化来告诉读者：大爱无疆，爱可以改变许多东西，包括改变某些行为。这就是这篇小说的精神内核，因为有了这样一层意思，这篇看起来很轻巧的小说，有了深刻的思想内涵。

扬·格拉鲍夫斯基动物小说的另一个值得称道的特点，就是细节的丰满和真实。有一句话说得好：很多时候，细节决定成败。对小说创作来说，这句话更是金科玉律。一部缺少生动细节的作品，绝对不会是一部好作品。但细节一定要来源于生活，故事可以是虚构的，但细节必须是真实的。扬·格拉鲍夫斯基对动物的描写，都来源于他细致深入的观察。他长期在农庄生活，并亲手饲养过很多动物，所以他笔下的动物，都有血有肉，真实可信，栩栩如生。很多读者评论说：人们往往把驴子说成是固执己见的典型，但读了扬·格拉鲍夫斯基的动物小说后，您会确信，驴子是忠于职守的典范；乌鸦经常被人们描写为不祥之鸟，殊不知，它是极其聪明、具有多种才能的很有灵性的鸟，在扬·格拉鲍夫斯基的笔下，它简直是个"天使"。

扬·格拉鲍夫斯基一生热爱动物，他认为动物和人类一样都是大自然中不可或缺的成员。他还是一个忠诚的环保主义者，多次写文章呼吁人类社会要关爱动物，与动物和睦相处。他再三表达这样一个观念：保护动物是人类的天职，保护动物就是保护人类家园、保护人类自己。他希望全人类"在自己的心中留一个位置给那些与人类同甘共苦的动物"。

雪 虎

[美国] 杰克·伦敦

一

阿拉斯加大地，一片冰冷、寂寞和荒凉，就像斯芬克斯的微笑一样，神秘而带有几分狰狞。沿着冰冻的水道，两个行人和六条雪橇狗在艰难跋涉。

短短的、没有太阳的白天开始消逝。这时，远远传来了一声凄厉而焦急的哀嚎。接着，是应和的第二声、第三声……饥饿的狼群尾随而来猎食了。

两个行人在一丛树林里升起了篝火，开始宿营。周围是一片狼群的哀嚎声，他们和狗都紧紧集合在火堆的两边。

第二天，他们醒来时，一条叫小胖的狗已无影无踪了。

这天晚上，行人在给狗喂食时与一位不速之客打了个照面，它和狗一样有四条腿、一张嘴和一身毛。

狼群围得更近了，他们可以看到周围一圈像油灯火一样发亮的眼

睛。两个行人希望狼群能碰上一群鹿或其他什么，或者能出现奇迹，让他们立即就到达目的地。

然而事与愿违。第三天，狗群中最强壮的名叫青蛙的狗又不见了。

第四天早晨，又有一条狗消失了。

一连丧失了三条狗以后，两个行人终于发现，这一切都是那只非常像狗的母狼搞的鬼，它是狼群中的诱饵。它先把狗勾引出去，然后其余的狼就动手，把狗吃掉。

两个行人恨透了这只母狼，但他们只有三颗子弹，而且那母狼实在狡猾异常。每当他们稍有动作，它就机警地跳回到黑暗中。而且它像狗一样熟悉人，甚至熟悉人手中的枪械。

又过了一天，他们终于亲眼见到了悲剧的一幕。那是一条叫独耳的雪橇狗，它在那只面带羞怯的母狼的勾引下，不顾主人的呼唤，离开了宿营地。

等它意识到自己的错误想跑回来时，已经太迟了。十几只灰色的瘦狼在雪地上跳着，径直奔过来，截它的退路。这一瞬间，那母狼的羞怯和嬉笑消失了，它咆哮一声扑向独耳。

其中一位行人再也无法忍受了。他不顾同伴的劝告，拿起只有三颗子弹的枪，想去救那条可怜的雪橇狗。

狼群、独耳和那位行人碰到一起了。两声枪响，接着是一大片咆哮声和独耳痛苦的哀嚎。

随后的几天，是剩下的那个行人与两条狗最艰难困苦的日子。狼群在那只母狼的带领下，愈来愈大胆地向他们接近。行人用了各种办法都无法脱离狼群的包围。要不是后来碰巧遇到了另一队行人和雪橇狗，死神也即将降到他的头上。

二

策动那次追逐和屠杀雪橇狗的母狼，在那群狼中有着特殊的地位。

春天来了，食物变得丰富起来，公狼和母狼纷纷成双成对地跑开去过自己的恋爱生活。但那只母狼身旁，却仍跟着三个求婚者：一只是狼群的青年领袖，一只是独眼老狼，还有一只是长足了个头的三岁小狼。

三位求婚者之间发生了战斗。

战斗开始得很公平，但结束得并不公平。先是那只冒险的三岁小狼在青年领袖和老独眼的合击下送了命。随后，乘青年领袖掉过头去舔肩膀上的一处伤而露出脖子的曲线时，老独眼又发动了偷袭，用虎牙咬断了它的喉管。

在这场拼死战斗中，母狼始终坐在一旁快乐地看着它们。

从这以后，母狼就与老独眼友好地厮守在一起，一同出猎和吃食。

过了一个时期，母狼开始不安了，它在老独眼的陪同下到处寻找它认为合适的住所。终于，它在距离印第安人营地不远的一处干燥的岩洞里找到了巢穴。

几天以后，当老独眼肚皮贴着地面钻进洞穴看母狼时，它惊异地看到贴着母狼肚皮的五个奇怪的小生命在呜呜地发声，那是它和母狼的孩子。

小狼崽大多像它们的母亲。唯有一只灰色小狼崽生得像父亲，除了不是独眼外，真是与老独眼一模一样。

灰色狼崽是窝中最凶猛的狼崽。它眼睛睁开才一个星期，就开始自己吃肉了；它能够发出比兄弟姐妹更响、更刺耳的咆哮；它第一个懂得用爪子狡猾地一击，把同胞狼崽打得四脚朝天；它也是第一个能咬住别的狼的耳朵的狼崽；此外，相比于其他狼崽，它更敢于冒险。

像荒野上的大多数动物一样，它很早就经历饥荒。有一个时期，老独眼每天焦躁地到处寻找食物，母狼有时也丢下狼崽亲自到外面去找，但食物非常少，狼崽们饿得昏昏沉沉，不再有之前淘气争闹的劲头了。

待那灰色狼崽重新恢复活力的时候，它发现它只剩下一个姐妹了。而当它更强壮起来时，这仅剩下的姐妹也饿死了。

后来，在第二次饥荒来临的时候，老独眼出去觅食后就再也没回来。母狼追随着它的脚印，在一条小河边找到了它的残骸。那儿附近的山洞里住着一只大山猫和一窝小山猫。老独眼的残骸处，留下了发生过一场大战和大山猫得胜之后退回它的巢穴的痕迹。

经验告诉母狼，大山猫是个凶恶的家伙，并且是个可怕的战斗者。几只狼把一只竖毛发威的大山猫赶到一棵树上，那是不成问题的。但是单独的一只狼去对付一只大山猫，那完全是另外一回事，尤其是在那大山猫背后有一窝挨饿的小山猫的时候。

母狼出去行猎的时候，灰色狼崽也开始了它的冒险。开始，它只是爬向洞口看外面陌生的世界，听外面陌生的声音。那些未知的东西曾使它感到恐怖，但是生存的本能又推动着它去熟悉它们。

它从来没有经历过跌落带来的伤害。因此，它在出洞时向空中举步，结果鼻子撞到了土地，头朝下滚下了斜坡。

它笨拙地、充满好奇地开始了旅行。它先后遇到了一只松鼠、一只啄木鸟和一只摩斯鸟。它伸出一只爪子开玩笑地打了一下摩斯鸟，结果自己的鼻尖上受了很痛的一啄。

它有着初学者的好运气。一次偶然的巧合，它栽进了一个隐藏在一簇灌木中的松鸡窝。那里面有七只稚嫩的小松鸡。它试着咬了一下，味道好极了，于是就将七只小松鸡全都吞光了。为此，它与赶来救孩子的母松鸡展开了一场大战。它打得很英勇顽强。当然，母松鸡那雨点般的猛啄也使它的鼻子吃够了苦头。

它亲眼看到了老鹰迅速抓住母松鸡并衔上蓝天的惊恐场面。要不是一种可怕的预感使它早早躲了起来，它也就成了老鹰爪下的牺牲品。

它过河的时候，因为从来没有见过水，还差一点被河水淹死。

在灌木丛中，它还将一只两三寸长的小伶鼬翻了个身，结果受到了荒野中最凶猛、最有报复心的母伶鼬的可怕袭击。要不是母狼及时赶来杀死了母伶鼬，它的小生命早就结束了。

不过，这次冒险出洞以后，它成长得很快。休息了两天后再出洞时，它就独自让小伶鼬成了它的猎物。

灰色狼崽对母亲十分尊敬。母狼弄到食物后，决不会不带给灰色狼崽一份。灰色狼崽什么东西都不怕，它觉得自己充满了力量。不过，灰色狼崽觉得自己越长大，脾气就越坏。

饥荒又来了。母狼为了觅食，很少在洞里多睡。但灰色狼崽已长得更强、更聪明、更自信了。并且，它是敢拼命的。所以有时为了食物，它会公然在一处空旷的地方向后腿上一坐，引逗天上的老鹰下来。因为它知道那天上飞的也是肉食。但是老鹰拒绝下来打仗，于是它只好走开，到一丛树林里为它的失望和饥饿而伤心。

一天，母狼终于给它带回了食物。这是一只大山猫的崽子。为了灰色狼崽，母狼终于不顾前车之鉴，铤而走险了。

灰色狼崽吃完食物在洞中靠着母狼睡了不久，就被母狼可怕的叫声惊醒了。它看见，在下午阳光的照耀下，伏在洞口处的正是小山猫的母亲大山猫。

灰色狼崽感觉到生命力在它体内的叫嚣，它站了起来，在母狼旁边勇敢地咆哮，但母狼推开了它。

当大山猫爬着冲进来的时候，母狼跳到它身上揪住了它，于是两只兽扭在一块儿，咆哮声、哧哧声和尖叫声可怕地混杂在一起。大山猫咬着、撕着，爪子和牙齿并用，而母狼只用牙齿。

见母狼拼命地搏斗，灰色狼崽跳过去用牙齿咬住大山猫的后腿，缠住不放，它的体重牵制了那条腿的动作，因而减少了大山猫对母狼的伤害。但大山猫用一只前爪对狼崽一挥，就把它的肩膀撕得露出了骨头，狼崽的身体猛然撞在墙上。

灰色狼崽痛得尖声哭了一会儿，然后再度爆发了勇气，它又缠住了大山猫的一条后腿。

大山猫终于死了。母狼也失去了大量的血和力气。它整整一天一夜躺在已死的仇敌旁边一动不动，几乎不呼吸。直到一星期后，大山猫被吃完了，它才恢复到可以重新出去猎食的状态。

灰色狼崽经历了这场战斗，似乎更自信了，它开始陪着母狼出去猎食，并参与了许多次杀戮。它也慢慢地懂得了生存的规律：吃或者被吃。

三

灰色狼崽从来没有见过人，关于人的一切，它只能模模糊糊地从母亲积累的经验中了解——那是一种为了使自己的地位居于荒野的其他动物之上而战斗的动物。它对他们怀着恐惧和尊敬。

这种恐惧和尊敬很快又从它的母亲身上得到了印证。那是它第一次见到五个印第安人并被他们围住取笑的时候，母狼咆哮着赶来救它。但是，当其中的一位喊了一声"吉喜"后，灰色狼崽看见一向无所畏惧的母亲很快匍匐下来，直到肚子着地，并呜呜叫着，摇着尾巴，做着和解和投降的表示。

原来母狼本是印第安人"灰色海獭"养的一条狗，吉喜就是它的名字。它的血液中有一半是狗的成分，一半是狼的成分。母亲是狗，父亲是狼。这样，灰色狼崽的血液中实际上有四分之三的狼的成分、四分之一的狗的成分。

从此，灰色狼崽和母亲吉喜一起，成了灰色海獭的家狗，开始生活在印第安人的营地里，渐渐熟悉那里的小孩、妇女和狗。由于灰色狼崽在吠叫的时候露出的虎牙雪白，所以灰色海獭给它也起了个名字，叫雪虎。

雪虎第一次见到营地里的狗的时候，发生了一场冲突。狗群像波浪一般向它与吉喜涌来。它被推倒在地，身上留下了牙齿留下的尖锐的切割伤痕。它勇敢地咬着和撕着它上面的腿和肚子。它听到了吉喜为它战斗的吠声，也听到了人的叫唤，听到了棍子打在那些狗身上的声音和狗的痛叫。它在人对它的保护行动中感觉到了人的正义。

营地中有一条叫列列的小狗，是狗群中的头目，它是在营地里长大的，并且有过多次与其他小狗争斗的历史。它特别喜欢欺侮这位新来者。雪虎第一次见它时本想用友好的态度来对待它，可列列却非常迅速地跳上来狠狠地咬了它一口，随后又用牙齿三番五次地咬雪虎。就这样，它们一开始就成了仇敌。

雪虎第一次看见灰色海獭生火时上了一个大当。它先是看见一个奇怪的东西，像雾一样从灰色海獭手下面的棍子和苔藓里冒出来。随后，在那些棍棒中间，出现了一个活的东西，扭着、翻着，像天上的太阳的颜色。它对此毫不了解，好奇使它接近它，并在一瞬间用舌头去舔它。结果雪虎被烧伤了鼻子和舌头，这引起了灰色海獭和营地中其他人的高声大笑。

在吉喜被灰色海獭扣在木棍上——以防止它再跑掉——的期间，雪虎跑遍了营地，探索、考察、学习。它很快就对人有了一定的了解。它越了解他们，就越觉得他们极其优越，越惊叹他们神秘的权力，他们那高不可攀的神性就越显得伟大。

它也很快懂得了营地的情形，知道了那些年长的狗在肉或鱼前的贪馋。它慢慢知道男人们比较公正，孩子们比较残酷，女人们比较和善——偶尔会丢一块肉或骨头给它。那些半大的小狗的母亲让它有过两三次痛苦的遭遇之后，它也知道了不要去惹那些母亲，要尽可能地离它们远远的，看见它们走来时让开，永远是上策。

但是小狗领袖列列一直是它生活上的祸害。它比雪虎大，比雪虎年长，比雪虎强。而且，它特别选定了雪虎作为迫害的对象。只要雪虎大胆地离开母亲，列列就一定会出现，追踪着它，对它吠着。只要人不在附近，列列就会扑上来强迫它打架。

雪虎总是吃败仗。但它精神不败，而且在这种迫害的影响下渐渐变得恶毒、阴沉和狡猾。它花费时间专心去想诡计。当营地的狗普遍

得到食物，而它却因为被阻碍而得不到自己的那一份的时候，它就会变成一个伶俐的小偷。

它还第一次耍了真正的大手段，让列列尝到了被报复的滋味。有一次它遇到了列列，故意在它面前不快不慢地绕着营地的小屋逃跑，引诱兴奋得忘乎所以的列列进入了吉喜的牙齿能咬到的地方。结果列列全身上下到处都留下了被吉喜咬破的伤痕。而当列列好不容易从吉喜身边逃脱，爬起来爆发出长长的、痛心的呜呜声时，雪虎又冲上来咬住它的后腿，使它不得不可耻地逃跑。

有时候，雪虎十分怀念幼时生活的荒野。在灰色海獭认为吉喜不会再跑掉而放开它之后的一天，雪虎曾一步步想把母亲引向森林。但是，不管雪虎如何热心而急迫的呼唤，吉喜最后还是跑回了营地。

不久，吉喜被灰色海獭抵了债，跟着新主人三鹰上了独木舟。雪虎不顾一切地要跟着去，结果被发怒的灰色海獭追回来，挨了一次暴打。它仍然敢对那暴怒的灰色海獭大胆地吠和露牙齿，有一次，它甚至用牙齿咬了他穿鹿皮的脚，结果挨了灰色海獭更厉害的一顿打。不过，当它浑身是伤爬上岸，列列乘机冲过来咬它的时候，灰色海獭又保护了它。他一脚把列列踢到了空中，让它啪地跌在地上。

从此，雪虎知道了，处罚的权利是人才有的，比他们等级低的动物没有分。于是，它开始学会怎样和灰色海獭相处，懂得灰色海獭期望于它的是严格的、直截了当的服从。能够做到这些，它就可以避免挨打，它的存在就被允许。

不过，雪虎与营地的小狗们始终搞不好关系。所有的小狗都追随列列的领导，跟着列列欺负它。它们都把它看作是野种，打架的时候总是所有小狗一起来打它。

从被群体迫害中，雪虎学到了两件重要的事情：在群狗打它的时候怎样保护自己；在单对单的时候，怎样在最短的时间内给对方最大的伤害。它变得像猫似的有本领，立得稳，无论向后面或向旁边，腾空或着地，总是能使腿保持在身体下面，脚向着大地。它还锻炼得比任何狗跑得都快，而且打架时省略了一般狗打架前吠、竖毛等准备动作，总是出其不意地突然袭击，把狗弄翻，当它们暴露出脖颈柔软的一面时，雪虎就用牙齿咬进它的喉咙。这知识是它从一代代猎食的狼那里继承下来的。

于是，雪虎与营地的小狗们成了这样的局面：小狗落单的时候，雪虎攻击它们；小狗成群的时候，就合起来攻击雪虎。然而在狗群向雪虎扑过来的时候，雪虎的敏捷常常使它得以安全逃脱。同时，在追逐中领先于同伴的狗又常常倒霉，因为雪虎已经学会了突然转身攻击那条跑在大队前面的狗的本领，在大队赶到之前就把它彻底撕裂。因此，一方面雪虎在营地的小狗中是一个被黜者，它们剥夺了它幼年时代应有的许多欢乐；另一方面，雪虎又使它们因迫害它而付出惨重的代价。

这年秋天，冰雪来临的时候，雪虎得到了解放的机会。当印第安人准备到别处去做秋季渔猎时，雪虎从容地决定留下。它没有听从灰色海獭和他的女人，以及他儿子米沙的呼唤，它溜出营地，隐藏在森林里。

印第安人走了以后，雪虎开始庆幸它的成功，在森林中自由地玩耍着。但随后，它感到了寂寞，而且感到了森林中潜伏的危险，还感到了饥饿和冷。它开始怀念起营地中火的光辉，人声、狗吠声，以及人们丢给它的一块块的肉和鱼。

它感到了一种不可抗拒的欲望，想要人类的保护和陪伴。

它回到了原先的那已被印第安人遗弃的营地，恨不得此时有一个发怒的妇女朝它掷石子，恨不得灰色海獭暴怒地向它打过来，它现在甚至可以高高兴兴地欢迎列列那批专门与它作对的卑劣的小狗。

它开始了寻找灰色海獭一家的狂奔。它在森林里日夜兼程，寻找踪迹，整整四十个小时没有吃东西，饿得身体疲软，美观的皮毛被拖得不成样子，阔大的脚掌也受了伤，流着血。最后，终于跛着脚找到了他们。

当雪虎卑躬屈节地爬到灰色海獭面前时，它以为会挨一顿打。但灰色海獭不但没有打它，还拿肉给它吃，并且在它吃的时候为它把守。雪虎对此又感激又满足。

十二月间，灰色海獭又向麦肯各河上游做了一次旅行。他的儿子米沙驾着一辆由七条小狗拉的雪橇随行。七条小狗中有雪虎，还有小狗领袖列列。

雪虎工作勤勉，很守纪律。这些都是忠诚和情愿的表现，是被驯服的狼和野狗的根本特点。雪虎不但有这些特点，而且有点超乎寻常。

它和别的狗之间有一种敌对的关系。它从来没有学习过怎样和它们玩，它只知道怎样打。它的拉车同伴根本不理它。

它渐渐成为那组小狗中的一个可怕的暴君，它抢它们来不及吃完的食物，压迫它们。

它对灰色海獭没有爱心，但承认他对它的主宰权。

不过，在大奴湖的一个村庄里，雪虎在反抗人的时候，开始修改它从灰色海獭那里学来的法则，那就是决不咬人。

雪虎在村庄里掠取食物时，一个孩子在用一把斧头斩冰冻的麋肉，碎片飞落到雪里。雪虎走到附近，停下来吃那些碎片。孩子放下斧头，拿起一根粗棒来打它。它对这一村庄不熟悉。待它逃到两座小屋之间时，发现自己已被一座高高的土墙挡住，退路正被孩子守着。

雪虎愤怒若狂，它感到正义被踩躏了。因为它知道所有废弃无用的碎肉，例如那冰冻的肉屑，是属于发现它们的狗的。它没有做错事，没有违反规律，而这孩子却要给它一顿打。在一阵暴怒之中，它的嘴还是在拿着粗棒的孩子的手上开了一个大口子。

雪虎逃回到灰色海獭那里不久，那孩子和他的家属也到灰色海獭家里来了。雪虎认为它非得受一顿极可怕的处罚不可。但结果却相反，灰色海獭极力保护了它。

于是，它的行为被合法化了。它开始知道人与人之间是有分别的。它必须从它自己的主人手里接受一切东西，可是不必从别人那里接受不公正，用它的牙齿反抗是它的特权。

这天傍晚，雪虎又进一步学习了这一法则。米沙独自在森林中伐木的时候，那位被咬伤了手的孩子和其他孩子一起向米沙发动了攻击，拳头像雨点般地落到了他身上。雪虎最初在旁观，后来想到米沙是自己的主人之一，就加入了战斗。五分钟后，只见滴着血的孩子飞跑出来，而当米沙在营地里把这件事说出来的时候，灰色海獭立即吩咐给雪虎添肉吃。

与这些经验相联系，雪虎也就懂得了有关财产的法则和保护财产的责任。为了保护主人的身体和主人的财产，它应该不顾一切，甚至可以咬其他的人。雪虎还很快知道了，一个偷窃的人常常是畏怯的，往往一听见警告的声音就逃掉。而且，它知道只要它发出警告声，不到一会儿，灰色海獭就会立即来帮助它。

几个月以后，灰色海獭结束了长途旅行，雪虎拉着雪橇回到了本村。它已经一岁大了，长得很健壮，外貌上是一只真正的狼。它在村子里漫步的时候，已不怕那些大狗了。

雪虎两岁的时候，麦肯各的印第安人遇到了一次大饥荒。夏季捕鱼失败；冬季鹿很少，兔子几乎绝迹。人们开始是吃鹿皮，接着是吃狗。

少数又聪明又勇敢的狗明白了自己的处境，就逃进了森林。但在那里或者是饿死，或者是被狼吃掉。

雪虎也偷偷逃进了森林，但它比别的狗较为适应这种生活，而且运气很好。

一天，它遇到一只年轻的狼，那只狼又瘦削又憔悴，饿得身体都软了。假如雪虎不饿，就会跟着它一起走，和它的野生的兄弟们去结群。可是它实在太饿，于是它杀了那小狼，并吃了它。

有一次，一群饿狼朝它追过来，那时它恰巧把一只大山猫作为食物吃了两天，身体已经强健了，所以那群饿狼根本追不上它。不但追不上，它还绕了一个大圈子后又回到了原路，搞掉了其中一个疲乏、落后的追逐者。

后来，它碰到了也逃进森林中的列列，并且终于彻底、迅速地了结了它们之间的仇怨。雪虎将列列打翻在地，牙齿咬进了它那枯瘦的喉咙。

四

雪虎差不多五岁的时候，灰色海獭带上它做另一次远行，下帕古浜到育空堡去。一路上，它对所经过的村庄的狗粗暴蹂躏。雪虎的进攻迅速、直接，不做预先警告，那些狗常常还不知道是怎么回事，便已在一阵惊慌之中，被它咬住了喉咙。

雪虎还有一个优点，就是能准确判断时间和距离。它在神经上、头脑上和肌肉上的协调性比一般的狗好得多。因此，它能逃避别的狗的扑腾和它们的利牙，同时也能够抓住机会在极短的时间内施行它自己的攻击。

夏天的时候，雪虎到了育空堡。这里有一座古旧的赫孙海湾公司的堡垒，有很多印第安人和食物。

雪虎在育空堡第一次看到了白种人。他们人数不多，但雪虎感觉到他们具有更高的权力。不过，它同时很快地发现，那些白种人的狗没有什么了不起。它们软弱无能，叫闹得厉害，行动却笨拙不堪，只想凭死力气取胜，全无它的技巧和狡猾。它们大叫大嚷向它冲来，它跳到一旁。它们不知道它怎么样了，而就在这时候，它扑上它们的肩膀，把它们弄翻了身，向它们的喉咙攻击起来。

雪虎非常聪明，它早已懂得人们在他们的狗被杀的时候要发怒。这一点白人也不例外。所以，它把一条白人的狗打翻在地并咬断了喉咙之后，便立即退开，让那些在旁边守候着的印第安人的狗拥上去把它撕成碎片。当白人赶上来对狗大发雷霆的时候，雪虎已经逍遥地走掉了。当那些石子、棍棒、斧头和其他各种武器打着它的同伴的时候，它却站在不远的地方旁观。

雪虎和它的同伴还慢慢知道，只有一艘轮船第一次靠岸的时候，它们才能玩这种花样。最初的两三条陌生的狗被毁掉之后，白人就把他们的狗阻止在甲板上，并且对侵犯者进行野蛮地报复。有一个白人，看见他的一条猎狗当他的面被撕成碎片时，就掏出手枪来急速地开了六枪，狗群里就有六条狗死掉了。这权力的另一表现深深铭刻在雪虎的意识里。

　　不过，雪虎仍以此为乐。杀害白人的狗，最初是一种消遣，后来成了它的业务。灰色海獭忙着生意和发财，所以雪虎就跟着那一伙声名狼藉的印第安狗在码头附近游荡着，等轮船来。轮船一到，花样开始，几分钟后，白人们惊惶初定，这一伙马上散掉，等到下一艘轮船来了再攻击。

　　雪虎的这套把戏，使育空堡中的一个白人入了迷。他一听见汽船的第一声汽笛，就会奔跑过来，等到最后的战斗已经结束，雪虎和狗群都已散掉之后，才慢慢地走回堡垒，脸上带着茫然的表情，若有所思。有时候，当一条南方的狗尖声惨叫着在那一伙的虎牙之下被毁灭的时候，这个白人便不能自制了，他会一跳老高地大叫大喊表示快乐。并且他老是用贪婪的眼光看着雪虎。

这人在堡垒里被人叫作"美人史密斯"，实际上却长得奇丑。他是个厨工，个子矮，脑袋尖而小，斜斜地连在脖颈上，就像个钉头，头发稀而散乱，额头低而宽大，眼睛黄而浑浊，枯瘦的嘴唇下面露出大而黄的牙齿。总之，他像个畸形动物，而且生性卑怯。

　　史密斯想占有雪虎。他开始拉拢雪虎，但雪虎憎恶他，总是向他耸毛，露牙齿，然后走开。

　　后来，史密斯来到灰色海獭的营帐，向他买雪虎。灰色海獭开始拒绝了他，因为他做生意发了财，不缺什么，况且雪虎是他养过的最强壮的雪橇狗和最好的领导狗。它杀其他狗就像人杀蚊虫一样容易。

　　可是史密斯熟知印第安人的脾气。他常到访灰色海獭的营帐，并且老在外衣下面藏一瓶威士忌。于是，灰色海獭的钱袋很快空了。当史密斯重新提起买雪虎的事情时，他就用雪虎换了威士忌。

　　史密斯拉紧皮带的时候，雪虎曾做过反抗。但史密斯手中的棍子用劲一挥，便把它的一扑制止在半路。雪虎倒在地上。

　　到了堡垒后，雪虎也逃过两次。第一次它只用十秒钟就咬断了皮带，第二次用了好几个钟头把扣着它的棍子咬断，但灰色海獭依然出卖它。它每逃一次，总是遭到史密斯比前一次更为残酷的毒打。最后，它被锁上了铁链。

　　第三次被打后，雪虎病了。它要是一只南方的软弱的狗，早就死了，但它身体素质好，又够坚强，终于活了下来。

　　于是，雪虎成了那个充满着兽性的史密斯的财产。它开始感到史密斯是个货真价实的可怕的人，它必须屈服于这个新主人的每一个怪诞的念头。

史密斯不断用种种小刑罚折磨和激怒雪虎。他很快发现了雪虎对于讪笑的恐惧，每次捉弄了它之后就一定会故意取笑它。久而久之，雪虎的理性飞掉了，它变得比史密斯还要疯狂。它开始恨一切东西，它恨那条束缚它的铁链，恨那些从木栏的板缝里向它窥视的人，恨那些趁它在无可奈何的状态中向它咆哮的狗，恨拘禁着它的栏木，而它最憎恨的是史密斯。而这正是史密斯的目的。他煽起了雪虎的疯狂后，就以它作为战斗物与人们打赌赚钱。

第一次放进木栏与雪虎斗的是一条身躯很大的獒犬，雪虎三下两下就把它打败了。金钱在史密斯手里叮当作响。

史密斯对雪虎的力量估计得不错，以后它每次都是胜利者。有一天，连续三条狗被放进来和它斗。另外有一天，一只刚从荒野捉来的长足了的狼从栏门中被推进来。还有一天，他们让两条狗同时咬它。这是它的最残酷的一次战斗，虽然它最终把这两条狗都咬死了，但自己却也被咬得半死。

秋季的时候，史密斯还带着雪虎去了道外。它在那一带也出了名，人们都叫它"战狼"。史密斯一面把它作为战狼展览，一面又把它作为职业的战斗动物，利用它加倍赚钱。在战斗中，雪虎从来没有败过。它的那种附着于土地的固执，闪电般的速度，以及丰富的打架经验，都使它能顺利成功。

随着时间的不断消逝，雪虎的战斗越来越少了。人们对于用同等的东西和它比斗已经绝望。于是，史密斯不得不用印第安人用陷阱捉来的狼去对抗它了。另有一回，它的对手是一只长足了的雌性大山猫，这次雪虎是为自己的生命而战了。大山猫的迅速和凶猛都比得上它，而且它只用虎牙战斗，大山猫却还用有尖爪子的脚。

　　打败大山猫以后，雪虎完全不斗了。因为人们认为已经无物可与它斗了。直到第二年春天，一个开赌的庄家带了一条名叫契洛基的斗牛狗在克伦蒂克与史密斯相逢，雪虎才第一次遇到了可怕的敌手。

　　雪虎以前从未见过这种斗牛狗。它既短矮又笨拙，不时摇着残柱似的秃尾巴，眨着眼睛，身上没有长毛保护。

　　雪虎以猫一般的敏捷不断地在契洛基的身上留下一道道裂口，但对手不做任何表示，吠都不吠，只是不急不慢、审慎而坚决地跟着雪虎。它们都为从未见过的对方的战法感到惶惑。

　　随着时间的过去，契洛基的耳朵变得破碎不堪，脖颈和肩膀被咬破了几十处，嘴唇也流着血。但是雪虎始终无法推翻它，并咬住它的喉咙。因为它们的高度太悬殊，契洛基太矮胖，太贴近地面，雪虎不知试了多少诡计，都没能奏效。有一次机会来了，雪虎在契洛基比较缓慢地旋转着的时候，发现它正掉着头，肩膀暴露着，雪虎就扑上去。但是，雪虎的肩膀太高了，攻击又非常用力，所以它的身体从对手的身体上翻了过去。这是它战斗史上的第一次失利，它在空中栽了半个跟头，要不是它在半空中像猫一般努力扭动着使脚着地的话，它就要跌得仰面朝天了。然而它还是重重地跌撞了腰部，但下一瞬间它已经爬起身来。可是就在这个时候，契洛基的牙齿咬住了它的喉咙下面一点的地方。

雪虎跳起来狂暴地打圈子，企图摆脱那吊住它喉咙的五十磅的重量。但契洛基始终咬住那一口不放，它甚至满意地闭起眼睛来，任凭它的身体被雪虎甩过来甩过去，好似受到什么伤害都没有关系一样。而每当雪虎稍稍松劲的时候，它就用咀嚼般的动作，将牙床进一步向雪虎的喉咙移动。

雪虎毫无办法，终于精疲力竭，跌倒在地。在契洛基越来越深的咬噬下，它的眼睛渐渐模糊起来，而且任凭史密斯发狂般地踢它，它也不能站起来了。要不是这时恰巧遇到了两个好人，它的生命从此也就完结了。

这两个好人是开矿的技术员威登·史各脱和他的管狗人麦特。他们制伏了畜生般的史密斯，镇住了那位开赌的庄家，又用手枪柄一点一点地撬开了契洛基的牙床，救了雪虎，并从史密斯那里强行买下了它。

在与新主人开始相处的一段时间内，雪虎始终表现出狼一样的凶狠。它恶狠狠地见人就耸毛咆哮，而且当主人的一条雪橇狗去抢丢给它的一份肉时，它一瞬间就杀了这条雪橇狗。甚至当史各脱试着博得它的信任、用手抚摸它时，它咬了那只手，因为凭它的经验，以为这是一种危险。史各脱和麦特开始几乎是绝望的，但后来发现它胸膛上有个拉雪橇的印记，而且非常聪明，因而决定再给它一个机会。

雪虎自从咬了那只手以后，一直以为处罚将不可避免地降临到它头上。它仔细地观察史各脱的一举一动，准备对他的处罚毫不屈从。但是，时间一天天过去了，主人不仅没有处罚它，而且还亲自给它很好吃的肉，不断对它说着温和的话。史各脱使自己担负起了补救人类对雪虎所犯下的错误的任务。他认为被弄坏的雪虎是人类所欠的一笔债，必须偿付。所以他对雪虎特别和善，每天一定要抚慰雪虎。

雪虎终于接受了主人的抚摸。虽然最初仍怀有敌意，但不久，它对这温和的轻拍渐渐喜欢起来。后来，它又渐渐从喜欢发展到对史各脱产生了爱。它开始感觉到，当史各脱在的时候，它会觉得愉快和舒适，而当他离去的时候，它就会感到不安和痛苦。

为了表现忠诚，它担负起了守护主人财产的责任。在那些雪橇狗睡了之后，它就在小屋子的四周徘徊。它还学会了从脚步和态度的不同区分小偷和正直的人。脚步沉重，径直走向小屋门口的人，只要主人同意进门，它就只是警惕地看着，随他过去。但是对那种轻轻走着，弯弯曲曲地绕着路，小心地窥探着，掩掩藏藏的人，它就决不客气。

它还学习着在许多方面使自己适应新的生活方式。它知道自己不该打主人的其他的狗，但它的天性支配着它，使他必须先把它们打得服从它的意志，承认它的优越地位和领导。

春天来的时候，雪虎遇到了一个很大的苦恼。有一天晚上，它发现主人没有回来。随后，又一天一天地不见他的影子。雪虎开始生病了，虽然有管狗人麦特照料它，但它却不工作、不吃，失魂落魄，甚至允许一起拉车的同伴咬它。直到史各脱回来，它才迅速恢复了原先的风采。

一天晚上，史各脱和麦特在就寝之前打纸牌玩，突然听到了外面一阵吠和一声恐慌的、惨痛的狂叫。两人出去一看，见一个人仰面躺在雪地上，手臂交叠在一起掩在自己的脸和喉咙上，雪虎正发狂似的攻击着他那最容易受伤的地方。

史各脱拉住了雪虎，麦特放下那人交叠着的手臂，立即看到了史密斯那充满兽性的脸孔。他身旁的雪地上，有一条锁狗的钢链和一根

粗棍子。

原来，史密斯动了坏念头，想把雪虎偷出去重新给他赚大钱，谁知雪虎恨透了这个冤家对头，险些叫他丧了命。

五

过了不久，雪虎又从主人的行动中预感到一场灾难即将来临。它从开着的小屋门口看见那要命的提包放在地板上，主人正在把东西装进去，于是推测到它的主人在准备远行。

雪虎猜对了。史各脱正准备去一次他在加利福尼亚的老家，而且因为怕生在北国的雪虎无法在炎热的南方生活，他决定暂时留它在这里，由麦特照看。

这天夜里，雪虎发出了长声的狼嗥，它把嘴伸向无情的星星，对它们诉说着它的悲苦。

第二天，史各脱和麦特发现，雪虎又不吃食了，而且一面看着主人装行李，一面呜呜哀叫。史各脱摸着它的耳朵，拍着它的背脊，叫它做一次分别前的最后的、最好的咆哮，但它拒绝了，在若有所思的一瞥之后它把头埋在了它主人的手臂和身体之间。

史各脱动身的时候，他和麦特听到了被锁在大门里的雪虎传出的一声声低低的呜咽，随后是几次长而深的吸鼻声，接着是一阵凄惨得令人心碎的号叫。

不过，当他们在轮船上握手告别时，他们竟吃惊地发现，雪虎正坐在甲板上若有所思地看着他们。它的脸上有一处新伤，两腿之间有一处裂口——这是它冲破窗户挤出来时留下来的伤痕。

雪虎终于改变了史各脱原有的决定，与主人一起到了南国加利福尼亚州的圣弗朗西斯科。当它在圣弗朗西斯科滑溜溜的人行道上小步跑着的时候，它更加感到了白人那不可思议的威力。那里小汽车、卡车和当当响的电车，都使它感受到了在北国森林里领教过的大山猫那样的威胁。

不过这只是像做了一个噩梦。当它被放进主人的行李车里，重新出来的时候，它看到的已是阳光下微笑着似的宁静的乡村。

雪虎第一次看到一个男子和一个女子从一辆马车里走出来拥抱主人的时候，差一点发生了一场误会。因为在它看来，这是一个对主人构成威胁的充满敌意的行动，因而它几乎变成了一个咆哮的恶鬼，而他们其实是主人的父亲和母亲。幸而史各脱及时纠正了它的误解，并让它习惯这种"敌意行动"。

五十分钟以后，雪虎跟着马车进入了主人家的石门。一条叫可利的尖嘴巴、亮眼睛的牧羊母狗和一条叫狄克的猎鹿狗突然袭来，使它在三十秒钟内接连翻了两个跟斗。雪虎的种族的规矩是公的不能向母的攻击，因而对于可利的袭击，雪虎只有有风度地设法避躲。狄克却不同了，要不是主人的及时制止和可利的及时援救，它用不了几秒钟就会丧生在雪虎的虎牙之下。

雪虎在主人史各脱的父亲史各脱法官家里要学习的东西很多。

首先，它得学会容忍主人一家的亲近。它以前在印第安人营地生活的经验使它讨厌孩子，尤其是他们的手。因此当史各脱的两个孩子用手去拍它时，它开始发出恶毒的、警告的吼声，随后在主人的压力下不得不像忍受痛苦的手术一样忍受两个孩子的抚弄。但过了一阵子，它甚至对孩子们喜欢起来，看到他们走来的时候，眼里总会有高兴的光彩。

其次，它得了解主人除了家庭之外所管辖的领地和财产，并且必须克服它自然的冲动。

在北国荒野，唯一被驯养的动物是狗，其余的大小动物，都是狗合法的掠夺品。因此，雪虎最初遇到养鸡场中的小鸡时，也照此处理，跳上去牙齿一闪，便吃了它们。有一次，它咬死五十只莱柯亨的母鸡，还扬扬得意。为此，史各脱法官总认为雪虎毕竟是狼。但他在史各脱抓住它的头并把它揿在母鸡身上，同时用力打它，随后又把它关进了养鸡场与小鸡在一起之后却发现，它再也没有惹一只小鸡。因此，史各脱法官也不能不庄严地说了十六次："雪虎，你比我想象中要聪明！"

雪虎还得学会与主人出行。肉店里的肉拴得低低的，但不能去碰；去拜访的人家常常有猫，必须不管它们；到处有狗对它咆哮，但它却不能攻击它们。不过有一次，当它和主人经过一个街口时，当那里的人一再唆使三条狗攻击它时，主人终于对它下令，去干掉它们。它转过身来迎战，几分钟后，便有两条狗在尘土里挣扎，第三条逃了

一段路，却也没有逃脱雪虎的牙齿。

雪虎过去从来不和狗亲近。它在幼年时代被列列和小狗群迫害的时候，在作战的时代和史密斯在一起的时候，都已养成了对狗的坚决的反感。但是在这里，它必须逐渐改变这个习惯，至少和主人家的狗做到和平共处。

雪虎还学会了和主人玩闹，它常常假装被弄得跌跤、打滚，或假装发怒、耸毛和凶吼……这些胡闹常常使主人和它都感到十分高兴。

雪虎在北国时常常用勤奋的拉雪橇来向主人表示忠心。到了南国，不用拉雪橇了，它就用其他办法来对主人表示忠心。

有一次，它陪主人在牧场上疾驰，一只雄野兔突然从马脚下跳起来。马受了惊，猛然一跳，结果主人摔在地上，断了一条腿。

雪虎被主人命令回家去通知家人。雪虎用了各种表情和办法，终于使主人的父母和妻子理解，史各脱遇到什么事了。因此，它进一步改变了它在史各脱法官家的地位。他们承认它纵使是一只狼，也是一只聪明的狼。而且，那条牧羊狗对它的牙齿也不那么害怕了。过了不久，就像吉喜和老独眼狼当年肩并肩跑着一样，可利和它也在主人的森林里跑了一天。

但大约就在这时，报纸上充斥着一个消息：一个叫金·霍尔的凶犯打死了看守，并抢了他的枪逃了出来，而他最后一次被关进牢里与史各脱法官的审判有直接关系。

雪虎和主人的妻子爱丽斯之间有了一个秘密：每天夜里，它被放进屋子睡在大厅里。

一天夜里，雪虎嗅着空气，知道一个陌生的人出现了，而且悄悄地上楼梯迈向了主人的房间。

雪虎不对这个陌生人发出任何警告，而是突然开始攻击。楼上的人突然听到楼下仿佛有二十个恶鬼在打架，有几声手枪响，有一个男子恐怖而惨痛地叫了一声，有阵阵的咆哮，以及一阵家具和玻璃碰击的声音。

当史各脱一家拿着枪亮起灯在楼下检视时，他们发现了已被咬断喉管的金·霍尔。雪虎也躺在血泊里，它的三根肋骨被折断，其中至少有一根刺穿了肺，它几乎失去了全身所有的血。

史各脱法官请来了最好的医生，医生说雪虎连千分之一生还的希望都没有，但雪虎却靠它强健得惊人的体质，赢得了那个不到千分之一的机会。

当它开始重新行走的时候，它看到了它和可利生的小狗。它被史各脱一家称为"福狼"。

（蒋天佐　译　范奇龙　改写）

阅读链接

一支狂野的歌 —— 沈石溪

杰克·伦敦是世界文学史上享有崇高声誉的作家，也是动物小说的开山鼻祖。他一生的经历非常复杂，他是私生子，当过报童，做过工人，当过盗贼，蹲过监狱，做过水手，上过捕鲸船，做过淘金者，做过记者，甚至当过拳击手。他只活到四十岁，就对生活产生绝望，通过注射吗啡自杀。

杰克·伦敦的写作时间也很短，从1899年他发表第一篇文章到1916年自杀身亡，他的创作时间一共只有十八个年头，却留下了五十多部作品，可以算是一位高产作家。他最著名的作品是长篇小说《热爱生命》，讲述了一位淘金者被同伴抛弃，在荒野迷路，与一只病狼争夺活下去的机会，最后杀死病狼、靠吃狼肉走出迷途的故事。

杰克·伦敦写过的三部关于动物的小说——《荒野的呼唤》《海狼》和《白牙》被称为"野性三部曲"。这三部描写动物和野性的小说，被誉为动物小说的经典之作和开山之作。

本书收录的《雪虎》其实是《白牙》这部作品的缩写本。

作品讲述了一只有四分之一狗的血统的名叫"雪虎"的混血狼的故事。雪虎从小失去父母，在弱肉强食的世界里受尽残酷生活的折磨，被迫去做"斗犬"。人在它身上下注赌钱，让它和猛犬自相残杀，人在一旁观赏取乐。经过一系列变故，雪虎九死一生，身上伤痕累累，心灵也受到严重创伤。它仇恨同类，仇恨人类，仇恨一切，变成了一条暴戾、残忍、变态的狼。这个时候，雪虎遇到了新主人史各脱先生。史各脱先生代表了人类理性、正义和宽容的一面，更重要的是，史各脱先生有一颗包容残缺生灵的爱心。在史各脱先生的悉心调教下，雪虎感受到了生命的温情，因爱而对主人忠心耿耿，变成一条忠勇的"狗"。最后它与入室作恶的歹徒搏斗，拼死护卫主人的家庭。

杰克·伦敦虽然写的是动物，但身为现实主义作家，笔锋所指，就是在批判那个时代混乱不堪的美国社会，批判把人异化成兽的恶劣生存环境。

这部经典动物小说揭示了这样的跨越时空的主题：饥饿与贫穷，会把人变成兽，把狗变成狼；互相仇恨，无助于改变苦难的生活，只会让生活变得越来越糟糕；只有爱和信任，才能从根本上消除偏见，使人类过上祥和幸福的生活。

从艺术角度看，这篇作品结构精致完整，把雪虎"野性——堕落——叛逆——转变"的过程写得环环相扣，天衣无缝，合情合理，顺理成章，令人信服。作品语言鲜活优美，极具表现力，

无论是描写狗还是刻画人，作家都能写出他们的特征和个性，使他们活灵活现地展现在读者面前。

值得一提的是，长篇动物小说《白牙》有八万多字，缩写后的《雪虎》则大约两万字，这是一次成功的缩写。译者具有很高的文学素养，译文自然流畅。缩写者水平也很高，砍掉了一些无关紧要的枝枝蔓蔓，最大限度地保留了结构的完整、语言的优美和文学的味道，让稍嫌冗长的文本变得紧凑，让原文中的长句子变得精炼，使作品更适合中国读者阅读。整部作品给人的感觉不像是一般的缩写，而是一种文化的提炼，一种艺术的雕琢。通过这种提炼和雕琢，精品就产生了。

养子小鹿

［俄罗斯］亚·穆斯塔芬

这是明媚的早春时节。有一天，伊万·科尔涅耶夫从森林里抱回一头刚生下来不久的小鹿。它有一身淡褐色的绒毛，衬着背上的点点白斑，长长的腿，摇摇晃晃地站在那儿，活像一只鸵鸟。科尔涅耶夫一家人都围过来，用好奇和怜悯的目光看着这只小鹿。科尔涅耶夫十二岁的大儿子吉姆卡老是想去摸摸这个森林里来的客人。可小鹿蜷缩在屋角，一直警惕地盯着周围的人们，黄绿色的眼睛里露出一种无声的呼唤，好像是在向谁求救，两片铃兰叶似的耳朵颤抖着，仿佛在倾听每个轻微的响声。吉姆卡的外婆首先发话了："养到秋天就弄去宰了。瞧，多漂亮的一张皮！可以做顶皮帽，要不就做双鹿皮靴……"

"不！我不让！"吉姆卡用身子护住小鹿，仿佛外婆立刻就要把她的话兑现似的。

小鹿被吉姆卡的这声叫喊吓得倏地站了起来，转动着那前额宽阔的小脑袋，发出吱吱吱的哀鸣。

"您说些什么呀？"科尔涅耶夫严肃地望了外婆一眼，然后对儿子说："你怎么啦，乖孩子，这么漂亮的小鹿难道能……"科尔涅耶夫没有把最后一个字说出来。科尔涅耶夫虽然是个猎人，一生中用那支"别尔丹式"猎枪撂倒过不少野兽，但现在却不忍心说出那个可怕的"宰"字。

"别担心，乖孩子，谁也不会欺负它的。"母亲也这样安慰儿子，并用责备的目光看了看外婆。

"瞧你们急成什么样！"外婆嘟哝着向前屋走去，"本来就是畜生嘛，还能拿它来干吗呢？瞧你们对它那份儿照顾，就像它懂得什么似的。它要在林子里，早晚还不是让别的野兽给叼了……"

突然，从前屋传来一阵水桶翻倒和扁担掉地的声音，接着是狗的尖叫和外婆的怒骂："这个不得好死的！让鬼把你给抓了去！没事总在这儿碍手碍脚！差点没把我摔死……"

加斯顿从开着的门外跑了进来。这是一条普通的看家狗，个儿不大，瓦灰色的毛，长着一对下垂的耳朵和一双和善的灰眼睛。它能不知疲倦地吠一个通宵，却谁也不伤害。在五年的生涯中，它从来没有咬过人，也没欺负过谁。甚至在追逐猫儿的时候，它也不像别的狗那样凶狠，而只是为了逗乐。可是猫却不懂得这一点，一见加斯顿追来撒腿就跑，眼看要被追上的时候，便纵身跳上板墙或最近的一棵树，从那上面像只鹅似的发出呜呜的声音，并且威严地把胡子竖起来。

附近的狗常常欺侮加斯顿。在街上，它被公认是一个胆小、无用、光会吠叫的窝囊废。

经常可以听见一些调皮的孩子冲着它叫："窝囊废！窝囊废……"

加斯顿自己却过得挺愉快，无忧无虑。吉姆卡也不生他那些朋友的气，因为他觉得他们不过是叫着好玩，并没有恶意；而且，每当夜里要去捉鱼的时候，孩子们总要来央求吉姆卡："吉姆卡，把加斯顿带上吧……"

这时，吉姆卡便装作不满意的样子说："你们自己叫它是'窝囊废'，这会儿又让带上……得了，带就带吧。不过这可是最后一次……"

孩子们喜欢加斯顿善良的心肠与温顺、活泼的性格。它能躺在任何一个孩子的身边，静静地接受他们的爱抚。夜里，不管哪个孩子去检查鱼钩，它都跟随着，而且总是跑在前面，在灌木丛里东闻闻，西嗅嗅，愉快而自信地轻声吠着。因此，孩子们特别喜爱它。

"它会咬小鹿的！"母亲吓坏了，急忙冲着加斯顿大声叫喊："别碰它！它是只小鹿！"

吉姆卡也急了，赶忙用身子护住小鹿，严厉地说："不许你碰它！"

只有科尔涅耶夫一点也不急，笑嘻嘻地望着这个场面，说："我们好心肠的加斯顿是不会伤害它的。瞧见没有，加斯顿没什么恶意，主要是好奇。你们看，后颈上的毛并没有竖起来。"

加斯顿好像明白大家是在说它，于是蹲坐在毛蓬蓬的尾巴上，用

一双灰眼睛凝视着人们。

"来，给你介绍介绍吧，它和你一样，也是个胆小鬼。"科尔涅耶夫说罢，轻轻把加斯顿往前面一推。

加斯顿站起来向小鹿走去。原来小鹿比加斯顿还高一点，但要纤瘦得多。小鹿的两只长长的耳朵一动不动，眼睛里混杂着内心的恐惧和无法抑制的好奇。当然，要是在森林里，它会毫不犹豫地跑掉，可在这儿，往哪儿跑呢？它只好忍耐着。

加斯顿非常无礼而大胆地嗅了嗅客人，还抓住机会两次舔客人的脸。看得出来，小鹿对它的举动感到很满意，可能这使它想起了母亲的亲吻。

有一次，小鹿的母亲和往常一样出去觅食，却不知为什么没有回来。小鹿在灌木丛中母亲给它修的窝里整整等了两天。它时刻警惕着，准备一听到可疑的声音就钻进垫窝的树叶和地衣里。有时，连蜥蜴爬行的沙沙声和布谷鸟单调、讨厌的瞎咋呼都会把它吓一跳。晚上，一声鸟啼吓得它心跳都快停止了。由于恐惧，它甚至忘了自己是不是还会叫。

这些天来，它一直牢记着母亲的叮咛：只要躺着不作声，即使敌人走到跟前，也不会被发现。正因为如此，科尔涅耶夫要不是差点踩在它身上，是不会发现这只小鹿的。起初，科尔涅耶夫以为它已经死了，因为它装得很巧妙，几乎连一丝气也不出。直到科尔涅耶夫用手捅了捅它，它才跳起来，用一对充满恐惧的大眼睛盯着猎人。

"小家伙，原来你是个孤儿呀！"科尔涅耶夫说着抱起瘦弱的小鹿，又仔细观察了一下它的窝，然后判断道："看来，你妈妈已经走了很久了。嗯……大约是回不来了。那就对不起啦，小家伙，最好还是让我把你带走吧，要不然你在这儿会遭殃的……"

科尔涅耶夫瞧着加斯顿和小鹿，心想它们俩交个朋友倒不错，可他说出来的却是自己的担心："加斯顿，你要能勇敢一点，个头再大一点就好了，那才像个保护者啊……"

"小鹿要保护者干吗？"母亲插嘴说道，"谁也不会欺侮它。"

"啊，我不过随便说说，"科尔涅耶夫回答道，"可不管怎么样，如果我们的加斯顿能像隔壁的安恰尔那样，对小鹿来说就更好一些。"

听到"安恰尔"这个名字，加斯顿立刻警觉起来，但马上又被森林里来的这位客人吸引住了。只见小鹿鼓起勇气从屋角里走过来，矜持地昂着头在屋子里踱了几步，短小的尾巴微微颤动着，接着把头一甩，尥了个蹶子，又重新回到加斯顿身边去了。加斯顿安详地蹲在那儿，用一副保护者的神态望着它的新交。小鹿突然凑过嘴去拱加斯顿的肋部，加斯顿急忙跳了起来，走到吉姆卡身边，然后回过头惊奇地望着这位客人。小鹿吱吱地叫了几声，又向加斯顿走去。

"想吃啦？吉姆卡，给它点牛奶吧！"科尔涅耶夫吩咐完又冲着加斯顿说："嘿，怕什么呀！它在寻求你的保护，你却想逃走……"

吉姆卡端来一盆牛奶，放在小鹿面前。小鹿打了个响鼻，便开始贪婪而笨拙地吃了起来。它把嘴整个儿伸到牛奶里，吧嗒吧嗒地吃了几口，然后抬起头，舔舔鼻子和嘴唇……牛奶溢到了地板上，还沿着小鹿的脖子往下流。小鹿饿极了，饥不择食：虽然牛奶没有母亲的奶那样甜、那样稠，但不管怎样毕竟能解饿，使自己恢复精力啊。

"饥饿是无情的，它能夺去你的生命！"科尔涅耶夫感叹地说，"瞧，它吃得全身都在哆嗦，饿坏了。"

"要不要给它点面包，爸爸？"吉姆卡问。

"还早！再过一个星期才行。"科尔涅耶夫说道。

加斯顿很想吧嗒两口牛奶，虽然口水都落到地板上了，但它还是忍耐着。吉姆卡一直盯着它，怕它会去同小鹿抢食。加斯顿干这种勾当是挺在行的，甚至有时已经吃饱了，还要把猫从食盆前赶走。这时猫便进行自卫，弓起背，鼻子发出呜呜声，扬起爪子还击。加斯顿懂得猫的这一套，于是侧着身子猛扑过去。它的吠叫声里并无丝毫敌意，纯粹是恶作剧。而猫对这种玩笑却不理解，所以拼命反击——它要维护自己进食的权利。不过，现在加斯顿对小鹿倒没有任何"侵略性"的表示。

突然，猫不知从哪儿跑了出来，大摇大摆地向奶盆走去。那副自信的神态，好像主人一定不会为难它一样。加斯顿突然颈毛竖立，猛地向这个不识相的家伙扑去。猫没有料到这突如其来的袭击，赶紧跳上床，恶狠狠地龇着牙，吱吱地叫着。小鹿也不吃牛奶了，径直向狗奔去。

"这个小家伙！它到底选定了自己的保护者。"科尔涅耶夫赞许地说。

加斯顿一面气冲冲地瞟着床上的猫，一面小心翼翼地舔着小鹿的脸。那张脸暖烘烘的，还散发着牛奶的香味。

从那天起，加斯顿便严谨而温柔地照顾着自己的新朋友。是它懂得这只小鹿是需要保护的弱者，还是它只不过感觉到了这个孤儿对自己充满信任并承认自己的保护？这很难说。但一只野鹿和一条家犬竟然能很快结成朋友，这使周围的邻居困惑不解。外婆却仍在叨叨："等着瞧吧，这条癞皮狗早晚会把它给弄死的！"

每当看见加斯顿像哄孩子一样同小鹿在院子里戏耍，吉姆卡就乐个没完。有时小鹿一下子跳上大车，从上面瞅着自己的朋友。加斯顿

则匍匐在地面，愉快地大声叫着，似乎也想跳却又跳不上去。小鹿终于忍不住又跳了下来，甩开富有弹性的细腿在院子里蹦来蹦去。

两个朋友睡在贮存干草的板棚里。头几天小鹿睡得很不安稳，听见一点响声就哆嗦。这时加斯顿便用舌头舔舔它，用轻轻的吠声安抚它。很快小鹿就对自己的新居习惯了，并完全信赖自己的朋友，甚至加斯顿在夜里大声吠叫时，它也睡得很香……

吉姆卡发现自打小鹿来了以后，加斯顿的性格完全变了。过去它是肚子不饿不回家，要不就是挨了红毛狗安恰尔的打，才回来休养休养；现在却大门不出，二门不迈，成天围着小鹿转。美好的品质——自尊心和责任感，在它身上被唤醒了。它主动承担了照顾一个孱弱、幼小的朋友的责任，生活方式也起了很大的变化。不久前，它还成天在街上跑、往邻居的院子里蹿、恶作剧般地追赶鹅群……从这些方面去寻找欢乐。

牛奶和丰富的多汁青草使小鹿很快康复过来。它长结实了，光亮的毛色像抹了一层油，背上白色的花斑恰似一颗颗云母扣子。小鹿对家里的人已经非常熟悉了，一听脚步声就知道谁回来了。它总是在栅栏门口迎接吉姆卡，并把他一直送到台阶旁。加斯顿则寸步不离地跟在后面跳着、叫着，快活的吠声满院子都能听见。啊，不，这不是妒忌——虽然加斯顿是懂得妒忌的，但它是为自己有这个朋友感到高兴，因为小鹿是世界上第一个认识到它加斯顿的力量，并把它当成可靠的保护者的朋友。

每次，吉姆卡总是跑进屋里，给小鹿拿些胡萝卜或面包出来。小鹿是个急性子，要是吉姆卡因为什么事在屋里耽搁了，它就直立起来，用尖尖的前蹄敲门。这时，加斯顿蹲在一边，用不满的呜呜声批评朋友的这种行为。直到吉姆卡拿来什么好吃的东西，小鹿才安静下来。如果小鹿把东西吃光了，而吉姆卡又忘了加斯顿，加斯顿就把头扭到一边，不愿小主人看见它眼里含着委屈的泪水。要是这时候鹅或者猫碰巧跑过来，那就该它们倒霉了。科尔涅耶夫发现了这个问题，对儿子说："你怎么把好吃的全给了小鹿？"

"它挺爱吃呀……"

"难道加斯顿就不爱吃吗？"科尔涅耶夫循循善诱地说，"加斯顿为了小鹿什么都舍得……可我们却不能对小鹿偏爱，这是自私的表现。孩子，自私可不是什么好品德，它是万恶之源，懂吗？"

小鹿就这样在科尔涅耶夫家一天天地过着日子。它几乎完全忘记了自己的母亲，而只知道加斯顿。但是，不久从远方刮来的风带来了森林的气息——热天散发着浓烈的松香味儿，雨天散发着霉烂的树叶和蘑菇味儿。这使小鹿开始不安起来，它变得很烦躁。有时什么也不顾地在院子里乱跑，有时又高高昂起美丽的头，久久地凝视着森林的方向——故乡的气息正是从那儿飘来的，它的眼里饱含着一种莫名的痛苦……它用湿润的黑鼻孔贪婪地嗅着故乡那熟悉的气味，模模糊糊地记起了森林……

不管小鹿与人们在一起生活得多么舒适，不愁吃不愁喝，但它仍

然怀念森林，虽说那儿的每一丛灌木后面都可能隐藏着危险……

总算小鹿运气好，科尔涅耶夫一家人在任何方面都没有让它受过委屈。他们还不止一次在饭桌上谈到过，是不是等小鹿再长大一点，就把它放回森林去。

"已经相处熟了，怪舍不得的……再说它在林子里可能会遭殃……"家人中有一些表示反对。

"不错，"科尔涅耶夫表示同意，"但我们这儿毕竟不是它的久居之地。我们应该放了它，它需要森林！需要自由！还算好，有加斯顿照顾它……要知道，加斯顿比我们更理解它……"

"人们为了捕一只鹿，要费多大劲儿。你们倒好：'放了它，它需要森林！需要自由！'你们就不想一想它能出多少鹿肉啊……"外婆这时插话道。

随着秋天的临近，小鹿变得更加烦躁不安了。它一会儿在院子里转着圈奔跑；一会儿像个木雕似的，一动不动地站在那儿嗅着只有它自己才感受到的气味；一会儿又忧伤地望着天上那嘎嘎叫着远去的大雁和白鹤。有时，它几天不饮不食，要不就气冲冲地追赶起加斯顿来，加斯顿倒是懂得珍惜友谊，总是无声地忍受着小鹿的这种恶作剧。谁在生活中没有这样那样的缺点呢？

小鹿的额头上长出了一对毛茸茸的小角，鲜嫩鲜嫩的。它老喜欢在板墙上蹭这对嫩角，并常常用它们来吓唬自己的保护者。小鹿虽然长得有牛犊那样高了，但碰到什么危险时，仍然同过去一样跑到加斯顿身边去寻求保护。加斯顿这段时间也变得勇敢起来，严肃起来。

一个秋日，小鹿一大早醒过来后就显得异常烦躁。它不喝牛奶，也不吃杨树条。过了一会儿，它突然兴起，纵身跳到板墙外面去了。加斯顿赶忙追了去，但板墙对它来讲太高了，于是它一面发出汪汪的报警声，一面朝栅栏门冲去。它使劲地用爪子抓门，想把门打开。吉姆卡闻声跑了出来，立刻明白是小鹿出了事。

"姥姥，小鹿跑啦！"吉姆卡喊了一声，便跑去开门。

"我的天！我讲了多少次，把它宰了，就不，说是怪可怜的。得，现在要是谁把它打死了，看你怎么证明它是我们家的。鹿肉，可惜多少鹿肉啊……"外婆一面穿鞋，一面絮絮叨叨地埋怨个没完。

墙外没看见小鹿。吉姆卡在门口踌躇了一下，立刻向邻街跑去。突然，他看到跑在前面的加斯顿警觉起来，颈毛竖立，尾巴卷成一个圈儿。吉姆卡仔细一听，附近有一群狗像发了疯似的在拼命号叫。通常猎犬在森林里发现大野兽的踪迹时，就是这样吠叫的。加斯顿就地一转身，惊诧地望了主人一眼，便迅速跑去营救自己的朋友了。

"加斯顿，回来！加斯顿！"吉姆卡一面哭喊，一面跟着跑去。

一群各种毛色的狗正在追赶小鹿。小鹿高扬着带角的头在前面吃力地奔跑着，显然，在院子里圈养的这几个月伤害了它的身体。它那对好像要从眼眶里迸出来的大眼睛充满了恐惧和惊讶。它怎么也弄不明白，这些和它的朋友一个模样的动物为什么这样可怕、这样狂叫，它们显然是想伤害它。

"滚开！"吉姆卡吼叫着向狗群挥舞拳头，"小鹿，快到我这儿来！"

小鹿听见熟悉的声音，不由得停了下来。就在这一刹那，跑在最前面的、狗群中最厉害的红毛大狗安恰尔扑了上来。它准备寻找机会，然后一下子咬住眼前闪动的小鹿的后腿，然后把牙一合，猛地一撕，这样小鹿马上就会倒下。安恰尔是不会轻易放过眼前的猎物的。要知道，在森林里找到这样的动物得费好几天的工夫。可在这儿，它自己送上门来了。这只鹿看来年纪太小了，连跑也不会跑，蹦得那样高，像是在玩耍一样……安恰尔好像已经尝到了血的咸味儿，它完全陶醉了。在身后同伙的吠叫声的催促下，安恰尔准备着关键性的一扑——失误可是要以生命为代价的啊……

安恰尔记得，今年春天，也是在这样一次追猎中，波尔坎——一条"泽梁种"的狗，赶到它前面，不假思索就往鹿身上扑去，鹿尖尖的后蹄一下子将波尔坎的脑袋开了瓢，就像踢破一个木柴盆似的。波尔坎在空中古里古怪地翻了个跟头，便哀叫着栽倒在雪地上……

当安恰尔正准备对小鹿进行关键性的一扑时，突然一个灰色的东西在它的肋间狠狠地一撞，并使它的肩部像火烧似的疼痛起来。安恰尔在栽倒前的一刹那，才看清是不知从哪儿钻出来的加斯顿将它撞倒的。这一突然袭击既使安恰尔感到吃惊，又使它感到奇怪。它了解加斯顿，这个家伙被它揍过不止一次，在它眼里，加斯顿就像从它爪子下逃掉的猎物。安恰尔忘记了小鹿，摆开架势准备迎战加斯顿——它威严地吼叫着，几次用爪子刨着地面。红毛狗以为，这样一来加斯顿便会同往常一样拔腿就逃，而它便追上去，狠狠地把它教训一顿……但让凶恶的安恰尔出乎意料的是，胆小鬼加斯顿竟第二次向它扑了过来；而小鹿，这快要到嘴的猎物，却趁机跑掉了。

要不是后面的狗群一赶上来就立即进行干预，还不知这场安恰尔与加斯顿的搏斗如何结束呢。每条狗同残暴、凶猛的安恰尔都有宿怨，都恨不得扑上去咬它一口。它们一个个不知怎么都记起了安恰尔过去对它们的欺侮，并对自己过去竟屈服于安恰尔的威吓感到羞耻。安恰尔恶狠狠地吼叫着，不时还尖声嘶鸣，想及早摆脱这一危险的众寡悬殊的战斗。

当狗群刚开始向它扑过来，争先恐后地想咬住它的喉管时，它便感觉到了这一危险。它晃动着强劲的双肩，用爪子反击，但狂怒的狗群却逐渐逼近……最后，安恰尔总算从一张张怒吼着的、长着利牙的嘴里摆脱出来，夹着尾巴、耷拉着耳朵跑回家去了。两条无主的老黄狗一直狂叫着把它追到家门口，它却不敢吭一声。

加斯顿非常平静地看了看周围兴奋的、余怒未消的狗群，若无其事地抬了抬脚，便往家里跑去。

栅栏门是开着的。加斯顿在草棚里找到了惊魂未定的小鹿。吉姆卡正站在它旁边哭泣。加斯顿朝小主人走去，把小主人身上嗅了个遍，然后在旁边趴下，将嘴放在伸出的前爪上。它身上的毛还竖立着，颤动着。

发生这件事以后，小鹿只能整天待在干草棚里，连院子里也不许去了。干草棚的门换成了一根根粗大的树棍。小鹿常常从树棍间伸出头，对着秋日的天空一望就是几个小时。加斯顿也趴在那儿，它同小鹿总是形影不离，它觉得小鹿失去自由是它的过错。

天凉了。每天早晨，屋顶和地面都盖着一层白色的霜花。但太阳刚一升起，霜花就融化了，于是地上的青草流出高兴的泪珠，屋顶和干草垛像澡堂一样冒着蒸气。

科尔涅耶夫好几次准备到森林里去采松果，顺便把小鹿也带去——它最近越来越不愿吃食了。全家人都同意科尔涅耶夫的决定，只有外婆仍在叨叨："应当宰了。这样，'十月节'前的肉就够了。聪明人早就……算算吧，在它身上糟蹋了多少饲料啊！一头牛犊也喂肥了……"

"您怎么老是肉啊肉的！"多少年来科尔涅耶夫第一次忍不住对丈母娘发火了，"人家到您这样的年纪都越来越慈祥，懂得生活的真正意义……"

"我这是好心，瞧这……"外婆感到受了委屈，便离开了饭桌。她觉得自己这个女婿很怪，想的同别人不一样。

科尔涅耶夫把去森林这件事一拖再拖，结果小鹿没能等到这一天。一个早上，吉姆卡的母亲去挤牛奶，刚去不久就回来了，用手巾擦着眼泪小声说："小鹿……小鹿死了……"

科尔涅耶夫正在穿靴子，这时猛地站了起来，用喑哑的声音问：

"可能是病了吧？"他穿着一只靴子就跑到院子里去了。

吉姆卡扔下饭碗，也跟着父亲跑了出去。

"先把饭吃完，待会儿就凉了。现在还着个什么急！"外婆在后面嚷嚷。

小鹿已经冰凉了。它脑袋耷拉在门口的两根树棍之间，眼睛失去了光泽，灰蒙蒙的，像阴暗的天空一样。加斯顿匍匐在它旁边低声吠着。

"你总是一拖再拖！"吉姆卡的母亲责备着科尔涅耶夫。

"可能它就是这个样，没有死……"吉姆卡呜咽着说。

"要知道会这样，我该早点去森林的。"科尔涅耶夫沮丧地说。

"糟蹋了多少鹿肉啊！把皮扒下来也好啊！"外婆站在台阶上建议道。

几个人在菜园深处夏天长着茂密的牛蒡的地方挖了一个坑，然后用一张席子裹着小鹿，轻轻地放进坑里。科尔涅耶夫开始往坑里掀土。吉姆卡同母亲回屋里去了。加斯顿则在坑边转来转去，不明白这究竟是怎么回事。

后来的几天，加斯顿总是哀伤地、没完没了地吠叫。大家怕它去把小鹿刨出来，便将它关在了干草棚里。

家里的人都感到没有了小鹿，生活好像就立刻变得空虚了……这时他们才懂得，小鹿曾给他们带来多么珍贵的精神上的慰藉啊！

各种各样的劳作和家庭琐事使人们逐渐忘掉了小鹿，只有夜间加斯顿的悲鸣声才使大家又记起了它。

一天早上，人们叫唤了几遍都没有见加斯顿出来，便分头去找。当看到干草棚的角落里被挖了一个洞时，大家知道它跑了。

"它可能在坑边。"科尔涅耶夫猜想说。

加斯顿果然在坑边。它趴在那儿，把头放在伸出的前爪上，仿佛在等待，等待小鹿跑出来用鼻子拱它的肋部。

（裴家勤　译）

阅读链接

人心柔软 —沈石溪

决定将《养子小鹿》收进本书后，我便通过各种渠道着手搜集原作者资料，想将作家连同其作品一并完整介绍给读者。这篇小说的作者是俄国作家亚·穆斯塔芬。但无论"百度"还是"搜狗"，网上都未能找到这位作家的资料。我又查找《外国作家词典》，翻看《世界文学史》，还向熟悉的朋友打听，得到的结果均让我失望。看来，这是一位名不见经传的普通作者。虽然作家名气不大，但这篇《养子小鹿》却写得相当出色，清新优美，纯朴自然，浑然天成，着实让我喜欢，虽然作家资料阙如，但我还是决定选用了。

《养子小鹿》的故事并不复杂，讲的是一位曾经用"别尔丹式"猎枪撂倒过不少野兽的猎人，从森林里捡回一只刚出生不久的小鹿。出于对弱小生命的怜悯，猎人将小鹿带回了家。一场家庭风波旋即展开。外婆出于人性的贪婪，想把小鹿养到秋天就弄去宰了，鹿肉改善生活，鹿皮做顶皮帽，或者做双皮靴。但外婆的话遭到全家反对，男孩吉姆卡坚持要把小鹿养大。家里那条名叫加斯顿的狗，主动承担起小鹿保护神的角色。有趣的是，加斯顿原先是一条温顺懦弱的狗，经常遭到另一条狗安恰尔的追咬，不敢反抗，是村子里有名的"窝囊废"。但自从小鹿进了家门，加斯顿性情大变，为了保护小鹿，竟然勇敢地与恶犬安恰尔搏杀。一股无端的柔情在人、狗和小鹿间流淌。小鹿不幸夭亡，没人吃鹿肉、剥鹿皮，全家怀着伤痛的心情，将小鹿埋葬，狗甚至不听主人劝阻，守候在坟堆前，等待小鹿归来。

　　这是一篇以情感取胜的动物小说，没有曲折离奇的故事，没有大开大合的命运，却深深触动了人心最柔软的部分，那就是对弱者的悲悯，对脆弱生命的呵护。没有利益纠葛，没有实用价值，纯粹就是一种互相温暖的感情，纯净得就像一块水晶，清晰地透视人心，透视灵魂。

　　我有时应邀去给家长讲课，我会反复强调一个观点。我说，现在很多家长望子成龙、望女成凤，除了想方设法让孩子读最好的学校外，还花钱给孩子报各种培训班，让孩子学钢琴，学声乐，学书法，学绘画，学舞蹈，学围棋，学奥数，学国学，学滑冰，学游泳，等等等等，对这种现象，我觉得并无不妥，在学习的黄金年龄，能多学一点东西总是好的，多一种知识，多一门技艺，当然有益无害。只要别功利性太强，别逼着孩子成名成家，顺应他们的兴趣，学与玩结合起来，学学玩玩，玩玩学学，也不会对孩子形成过多的负担和压力。但是，我希望家长们在给孩子报各种培训班的同时，再花很少的一点钱，让孩子亲手养一两种小动物。这是每个孩子都应该学习的生命课程，是最形象最直观的生命教育，是最有效最生动的爱的教育。因为小生命往往很脆弱，只有悉心照顾，才能使它们茁壮成长，这无疑有助于培养孩子的责任心和使命感。在饲养小动物的过程中，孩子们能学到生活常识和动物知识。任何动物，哪怕一只小仓鼠，在幼小的时候都是很可爱的。你喂养它、照顾它、呵护它，每一点微小的付出，都会得到相应的回报——或者一个信赖的眼神，或者一个感激的神态，或者一个热情的拥抱。这些都会让你心醉神迷，感受到生活的美好，从而让人心向善，让灵魂变纯。

就像《养子小鹿》里所描写的那样，饲养小动物的过程，其实也就是培养爱的过程。有人做过这样的比喻：爱像口袋，往里装是幸福，往外拿是成就感。我相信，青少年朋友读完《养子小鹿》这篇动物小说，一定会有饲养小动物的冲动，那我们就一起努力，为那些风雨飘摇中的可怜的小动物撑起一把爱之伞。

在本书的编选过程中，我们得到了许多师友的热情帮助。不过，虽经多方努力，仍有部分译者没能联系上。部分译者的版权代理事宜我社已委托中国版权保护中心处理，请文章的版权所有人见书后与该中心联系，以便我们奉上稿费和样书，联系电话：（010）68003887。

沈石溪
选评

沈石溪选评，将最有代表性、最有艺术特色、最有阅读价值的动物小说奉献给小读者！

沈石溪老师亲自为每篇作品撰写导读文字，带领小读者们一起触摸动物美丽的心灵！

陆续推出新书，敬请期待……

丛书简介

动物小说精品
少年读本

　　由沈石溪老师选评，遴选了中外具有较高的艺术品质，知识性、趣味性、可读性较强的动物小说佳作，既包括西顿、查尔斯·罗伯茨、杰克·伦敦等世界动物小说大师的精品之作，也有沈石溪、金曾豪、黑鹤等国内动物小说名家的佳作。这些动物小说展现了动物之间独特的温馨情怀和那些充满人性的感动，能够在孩子的心中引起情感共鸣。通过阅读这些动物小说佳作，孩子们可以充分领略大自然的壮阔，感受到动物生存的艰辛和生命的瑰丽，受到力量、意志、精神的熏染。

动物小说
大　王　**沈石溪**
全新力作

{ 为你讲述精彩动人的动物故事
带你一起触摸动物美丽的心灵 }

← 狼文化和羊文化两种截然不同的文化培育出来的英雄羊的传奇故事！

← 一只狐口逃生的小兔子孤独而又坚强地成长为一代兔王的励志故事！

新作陆续推出　精彩仍将继续……

图书在版编目（CIP）数据

草原之王／沈石溪选评.—济南：明天出版社，
2016.5（2019.3重印）
（动物小说精品少年读本）
ISBN 978-7-5332-8891-4

Ⅰ.①草…Ⅱ.①沈…Ⅲ.①儿童文学－短篇小说－小说
集－世界 Ⅳ.①I18

中国版本图书馆CIP数据核字（2016）第066637号

动物小说精品少年读本
草原之王
沈石溪 选评

组稿策划　孟丽丽
责任编辑　牛绿洲　张 茹
美术编辑　武岩群
封面插画　元熙插画
内文插画　曹青工作室

出版人：傅大伟
出版发行：山东出版传媒股份有限公司
　　　　　明天出版社
社址：山东省济南市市中区万寿路19号
邮编：250003
http://www.sdpress.com.cn
http://www.tomorrowpub.com
各地新华书店经销
山东德州新华印务有限责任公司印刷

155毫米×210毫米　32开　8.25印张　154千字
2016年5月第1版　2019年3月第9次印刷
印数：70001－80000
ISBN 978-7-5332-8891-4

定价：22.00元

如有印装质量问题，请与印刷厂联系调换。